千石の誇り
本丸 目付部屋 9
藤木 桂
時代小説
二見時代小説文庫
JN067638

目次

千石の誇り——本丸 目付部屋 9

千石の誇り――本丸目付部屋9・主な登場人物

妹尾十左衛門久継……十名いる目付方の筆頭を務める練達者。千石の譜代の旗本。

稲葉徹太郎兼道……徒頭から目付方へと抜擢された男。

蜂谷新次郎勝重……徒頭から目付方へと抜擢された男。「大坪流」という古流馬術を習得している。

荻生朔之助光伴……目付、二十七歳。将軍側近として中奥に上がり小納戸方を務めていた。

佐竹甚右衛門康高……目付方の勝手係。それまでは勘定吟味役を務めていたため数字に明るい。

若槻卯三郎……小納戸役から「鎌倉遠馬」の騎手に選ばれていた。

西村粂之進……中奥勤めの小姓。「小姓組」と身分を偽り町家に女を囲う。

日羽恭太郎……書院番組頭を務める旗本。西村らと「安囲い」をしていた。

牧原佐久三郎頼健……奥右筆組頭より新しく目付となった切れ者。

仲根千之丞……仲根家の息子。役高二百俵の大番方の番士としてお役に就いた若者。

深山陣太夫……四十五歳にしてようやく大番方番士となった男。

本間柊次郎……目付方配下として働く、若く有能な徒目付。

橘斗三郎……四人いる徒目付組頭の中で特に目付の信頼を集めている、十左衛門の義弟。

小関孝蔵……表坊主「小関了賢」の四十一歳の部屋住みの弟。

鮎川峰二郎……奥右筆の家の二十二歳の部屋住み。一つ上の兄は奥祐筆見習いとして出仕。

第一話　野良馬

一

春まだ浅い二月初めの、ごく早朝のことである。

幕府の目付筆頭である妹尾十左衛門久継は、いつものように明け六ツ刻（日の出頃）に目付部屋へ到着すべく、駿河台にある自宅屋敷を出て江戸城へと向かっていた。

暁前ゆえ、空はまだ仄暗く、大名家や旗本家所有のわりと大きな武家屋敷ばかりが建ち並ぶ駿河台の武家町は、まだ眠っているかのようである。

その静寂のなか、十左衛門ら妹尾家の者たちは、主従合わせて十名ほどの行列を組んで通りを進んでいたのだが、その行列の最後尾から何やら突然、声が上がった。

「やっ！　これ、おまえたち、どこから来た？」

声は、最後尾について歩いている若い中間(ちゅうげん)のものである。

「…………？」

と、騎馬で進んでいた十左衛門以下、皆いっせいに振り返ったが、中間が騒ぐのももっともで、なんと自分たちの行列の後ろに、見ず知らずの馬たちが二頭ついてきてしまっているのだ。

「いや、またか……」

ため息まじりにそう言ったのは、馬上にいる十左衛門である。

こうしたことは、別に今日が初めてではない。

実は江戸の市中には、稀(まれ)にだが、野良犬や野良猫と同様に、「野良馬」がうろついていることがあるのだ。

馬が「野良馬」になる経緯はさまざまで、武家で乗用に飼われていた馬や、百姓家が農耕用に使っていた馬、荷運び用に町場で飼われていた馬などが、老いや病(やまい)で使えなくなったのを理由に「放逐(ほうちく)」の形で捨てられてしまったり、馬自身が勝手に逃げて野良になってしまったりするのだが、いずれにしても、江戸の市中をうろついている野良馬は、人に飼われていた馬ばかりで野生の馬ではないので、人を怖がることはあまりない。

餌となる草を求めて人家の庭に入ってきてしまったり、孤立しているのが不安なためか、馬の飼われている場所に自ら寄ってきてしまう野良馬なども多くいて、昔から少なからず問題視はされていたのである。

今こうして妹尾家の行列についてきてしまった馬二頭も、おそらくはこの類いで、さっき声を上げた最後尾の中間は、有事の際に使うための予備の馬を引いて歩いていたから、その馬に群れるようにして、そこらにいた野良馬たちがついてきてしまったものと思われた。

「いかがいたしましょう？　見るかぎり、いかにもまだ若そうな良き馬たちにてございますが……」

主人の十左衛門にそう言ってきたのは供の若党の一人で、見ればもう、ほかの中間と二人で手分けして、二頭の野良馬の首元を撫でたり叩いたりと、すっかり手なずけた様子である。

「おう。まこと、二頭ともに立派なものだな」

「はい。こうして触れてもいっさい嫌がらずにおりますゆえ、おそらくは、どこぞの武家の屋敷内から逃げてまいったものにてございましょうが……」

「うむ。これほどの馬なれば、当然、持ち主も探しておるに違いない。ここらの辻番所に預けておけば、早晩、持ち主のほうから名乗り出てこようて」

「さようにございますね」

こうして野良馬を見つけた場合、その場所が今のように武家町のなかであれば、近くの辻番所に預けることになっている。

辻番所ではなるべく飼い主が見つかるよう、通り沿いの人目につく場所に馬を繋いで「迷子馬」の札をつけ、披露しておくのだが、三日経っても、どこからも飼い主が申し出てこない場合には、その辻番所で自由に処理していいことになっている。

欲しがる者が出ればあげてしまっても構わないし、馬買いの商人を呼んで馬を売り、その代金を預かっていた期間の馬の餌代や世話代にあてて、残ればその辻番所の運営費として使ってもよいことになっている。

十左衛門ら一行は、ついさっき前を通り過ぎてきたばかりの、この場から一番近い辻番所を選んで、二頭の野良馬を番所の男たちに預けに戻った。

「では妹尾さま、たしかにお預かりをいたします」

目付筆頭を前に緊張気味に、男たちは揃って頭を下げてくる。

「うむ。面倒をかけるが、よろしゅう頼む」

当座の餌代に困らぬよう、相応の金子を男たちに手渡すと、十左衛門ら一行は急ぎ城へと再び歩き出すのだった。

二

　こうして途中、野良馬二頭を辻番所に預けて、ようやく十左衛門が目付部屋の前まで到着した際のことである。

　どうした訳か、部屋のなかから何やら口論するような声が聞こえてきて、十左衛門がそっと襖を開けて入ってみると、部屋の奥まったあたりで、先に出勤していた目付四人が向き合いになって「ああだ」「こうだ」と揉めている。

　四人というのは、今日が『当番』である稲葉徹太郎と荻生朔之助の二人に、前夜から城に泊まりの『宿直番』である佐竹甚右衛門と蜂谷新次郎の二人であったが、よくよく眺めてみれば、盛んに口論しているのは荻生と蜂谷の二人だけで、佐竹と稲葉は仲裁にまわっているようだった。

「あ、これは、ご筆頭！」

「お出迎えもせず、失礼をばいたしました」

　十左衛門が入ってきたのに気がついた佐竹と稲葉が、同時にそう言って駆け寄ってきて、その声に蜂谷と荻生もさすがに口論をやめて深く頭を下げてきたが、それでもなお荻生は蜂谷の横顔をにらんで、険しい表情になっている。

そんな「荻生どの」の様子を見て取って、十左衛門はまず先に、荻生に真っ直ぐ目を向けて声をかけた。

「いかがなされた？」

「いや、それが……」

と、荻生も目を合わせて答えかけたが、それを横からさらうようにして、蜂谷のほうが勢い込んで言ってきた。

「実は昨晩、『神田橋御厩』の馬場から、調教中の馬が二十頭あまり逃げ出してしまいまして……」

「なに？」

御厩というのは文字通り、幕府の御用馬が飼育されている馬小屋のことである。

幕府の御厩は一つきりではなく、江戸城からさほど離れてない場所に幾つか設けられているのだが、そのうちの一つ、神田橋御門の近くにある大きな厩を『神田橋御厩』と呼んでいる。

この神田橋の御厩には調練用の広い馬場も併設されており、その馬場に、今特別な訓練をさせている馬を三十頭ばかり放ってあったそうなのだが、昨晩、『厩方』の者たちが、「もうそろそろ馬たちを寝床の厩舎に移そう」として馬場に向かったところ、出入り口の柵の横棒が一つ外れており、どうやらそこから二十頭あまりが逃げ出てしまっていたというのだ。

「『厩方』から目付部屋に報せが参りましたのは、昨晩五ツ（午後八時頃）の少し前というあたりでございましたが、不肖、私、馬の扱いにはいささか自負もございますゆえ、城内については佐竹さまにお任せをいたしまして、厩方の者らとともに馬を集めに、夜中は出向いておりました」

蜂谷は元来、武道一般に秀でた男ではあるのだが、こうして自身でも言うように、こと馬術に関しては「大坪流」という古流馬術の折り紙つきであるため、逃げた馬を捕まえるというなら、たしかに蜂谷が加勢してやるのがよいであろう。

「して、馬は？　見つかったのか？」

「私が目付部屋に戻ってまいりましたのが、明け六ツの少し前にてございましたが、その段で、逃げた二十四頭のうちの半分までは戻したようでございました」

「『半分』というと、まだ十二頭、見つからぬということか……」

そう言って、つと考えるような顔つきになった「ご筆頭」の様子に、蜂谷は慌てて先を言い足し始めた。

「いや何せ昨晩は、月がことさら暗うございましたゆえ、遠くまで見渡すこともできませず、難渋をいたしまして……。ですがもう、こうしてようやく夜も明けましたゆえ、探すには楽になります。私もまた、これより急ぎ厩方の者らに加わりまして、引き続き……」

「ああいや、蜂谷どの。別に責め立てておる訳ではないのさ。実はな、今ここに来る途中、どこのものとも判らぬ馬が二頭ばかり、妹尾家の供揃えのしんがりに、ついてきてしまってな……」

こちらも急いでそう言うと、十左衛門はついさっき登城中にあった野良馬の一件を話し始めた。

「おう、ついてまいりましたか！」

と、横手から十左衛門の話に合いの手を入れてきたのは、それまでは黙っていた佐竹甚右衛門である。

「なれば、ご筆頭。その野良の二頭とやらも、御厩よりの脱走馬やもしれませぬな」

「いや、そこよ。二頭ともに栗毛ゆえ、取り立てて『どこがどう』といえるほど特徴のごときがある訳ではないのだが、体軀といい、色艶といい、良き馬であることだけは確かでな」

「して、ご筆頭、その馬らは、今どこに？」

話に身を乗り出しているのは、むろん蜂谷も同様である。

その蜂谷新次郎に、「馬は辻番所に預けてきた」旨、伝えると、蜂谷は気忙しく立ち上がった。

「では誰ぞ厩方の者をば連れまして、さっそくに見てまいりまする」

言うが早いか、蜂谷は十左衛門の返事も待たず、目付部屋を飛び出していってしまった。

「いやどうも『馬のこと』ゆえ、蜂谷どのも、あれこれ案じられてならんのでございましょうな」

蜂谷をかばうように言ってきたのは佐竹甚右衛門で、その佐竹の言が浮かぬよう、さらにこの場を和ませて、稲葉徹太郎が口を添えた。

「夜の闇を怖がって、馬が町場の灯のある場所に立ち入れば、良き馬だけに売られてしまうこともございましょうし、そうしたことも案じておられるのやもしれませんね」

「さようさな」

と、十左衛門も、蜂谷をかばう二人に応じてうなずいて見せたが、すぐ前で一人、荻生は最初から変わらずに、不機嫌な表情を見せている。

そんな荻生朔之助に、十左衛門は、今度はずばりこう訊ねた。

「して、荻生どの、先ほどの続きだが、何ぞか蜂谷どのとあられたか？」

「…………」

いきなり核心を突かれて、荻生は一瞬、目を丸くしていたが、すぐに気を取り直したらしく、うなずいて答えてきた。

「上様へのご報告の件（こと）にてございました」

「ご報告？」

「はい」

と、荻生は真っ直ぐに「ご筆頭」に向き合うと、陳情するように言ってきた。

「厩方より目付部屋（こちら）へと報せがまいりましたのは、昨夜五ツをまわる前とのことでございましたが、その時刻であれば、上様はいまだご就寝にはなられておらず、お夜詰（よづめ）の番の者らもみな揃っておりまする。さすれば、まずは一報、中奥（なかおく）のほうにも『神田橋御厩より、馬二十頭あまりが脱走した』旨、ご報告をなさるのが正道というもの。一夜が明けた今頃になって『昨晩、馬に逃げられまして……』と言うのでは、ご報告があまりに……」

荻生の言った「お夜詰」というのは、上様の側近たちの夜当番のことである。

広い江戸城のなかでも、上様が「お住居」としてご使用になっている部分を『中奥』と呼ぶのだが、その中奥に勤めて、上様の御身のまわりのお世話をするのは『小姓方』や『小納戸方』の者たちで、かくいう荻生朔之助も目付になる前には、『小納戸』の一人として上様の側近を務めていたのだ。

そんな経緯もあって、荻生は「中奥への報告が遅れたこと」について、よけいに問題視している向きもあるのかもしれなかったが、今の荻生の主張自体は、まさしく正論である。

中奥への第一報が何ゆえ昨夜のうちに行われなかったものか、十左衛門は目付方の筆頭として、是非にも昨夜の宿直番の一人である佐竹甚右衛門に問いたださねばならなかった。

「佐竹どの。今の中奥への一報についてだが、どうした訳か、ご説明くださるか？」

「はい」

と、佐竹はうなずくと、居住まいを正して、向き直ってきた。

「蜂谷どのが厩方の助力に出ていかれましてより、私、急ぎ『若年寄方』へお報せをせねばと、『壱岐守さま』のお屋敷のほうへ使者を出させていただきました」
壱岐守というのは、今、若年寄方の首座を務めている「水野壱岐守忠見」のことである。

もとより厩方は、若年寄方の支配下にある役方なため、「まずは支配筋にあたる若年寄方に報告をしなければ……」と考えたからだった。

「けだし、それより二刻（約四時間）を優に過ぎて待ちましても、使いの者は帰ってまいりませぬ。これはもう壱岐守さまのお手には余って、ご老中の皆さま方のほうへとご裁断が移されたのであろうと思いました」

この一件の報告と判断の責任が、そうして老中や若年寄ら「上つ方」の間で盥まわしにされているとしたら、それはおそらく「どの段階で上様にお報せをするのが適当であるか」、ご報告の時刻の判断を迷われているに違いないと佐竹は思った。

「この夜中に『御厩から馬が二十頭も逃げました』とご一報を入れましても、ただもうご心痛をおかけして、ご安眠を阻むばかりで、何が好転する訳でもございません。それゆえ、たぶん上つ方の皆さまも、『ご報告を朝にするか、夜間にするか』で揉めていらっしゃるのではございませんかと……」

「ですから、そこが『おかしい』と、蜂谷さまにも申し上げておりましたので」

横手から我慢できずに口を出したのは、荻生朔之助である。

「上様に、何をどのようにご報告させていただくのがよいのかにつきましては、常にお側近くでお仕えしている『小姓』なり『小納戸』なり、中奥の役人が判断するのが一等よいに決まっております。ですから別に、どんな夜半であろうが構わずに中奥に一報いただければ、良き頃合いを計りましてご報告をいたしますので……」

今、荻生が「こちら」と口を滑らせたのは「中奥」のことなのであろうなと、ここにいる三人全員が気づいたに違いないが、佐竹も稲葉も、そんなつまらぬ上げ足取りをする人物ではない。十左衛門もそこは流して、こう言った。

「まあ、さようでござろうな。まずは何より、上様のご体調のことがある。こたびがような一件のご報告は、たしかに中奥に一任するのがよかろうが……」

と言いさして、十左衛門は、つと荻生から稲葉へと視線の先を動かした。

「したが、どうだ、稲葉どの。正直なところ、貴殿はどう思われる？」

「はい。では、お言葉に甘えて、忌憚なく……」

稲葉はちょっといたずらっぽい笑顔を見せると、まるで軽口でも叩くかのように、爽やかにこう言った。

「こたびが一件につきましては、まずは全頭、馬たちを無事に集めることのみが肝要かと存じますゆえ、どこにどう報告をするかにつきましては、正直、二の次、三の次でもよいのではございませんかと」

「稲葉さま！」

とたん血相を変えて向き直ってきた荻生朔之助に、

「いや荻生どの、物言いが、ついぞんざいになり、申し訳ござらぬ」

と、稲葉は素直に頭を下げた。

「けだし何より馬の無事が一番なのは確かなこと……。逃げてより時間が経てば経つほどに馬たちは遠くへ散ろうし、夜半に馬が彷徨って野犬の群れとでも遭遇すれば、襲われて怪我することもあるやもしれず、厩方には、まずは馬の捕獲に専念してもらわねばと、そう思った次第でござってな」

「…………」

稲葉に言われて答えようを失ったらしく、荻生は目をそらせて黙っている。

すると、そんな荻生に助け舟を出そうと思ったか、「荻生どの」と、横から佐竹が声をかけた。

「先ほどは、ちと言いそびれてしまったのでござるが、昨夜、壱岐守さまに使者を出すと同時に、城内に夜勤で詰めている『使番』にも報せておいたゆえ、適宜、使番のほうからも、中奥へは報告が上がっておろうと思うのだ」

使番というのは字の通り、「将軍の使い」を担う役方である。

幕府の上使として、諸大名のもとに幕令を伝えに行ったり、今日のように何か変事があった際には、急ぎ現場に駆けつけて、その状況を正確に見聞きし、上様のいらっしゃる中奥までご報告に上がるのである。

その使番に一報を入れておいたのだから、おそらくもう中奥の耳にも入っているはずということで、実に佐竹らしい手配のつけ方をしていたということになる。

この佐竹甚右衛門という男は、物腰が温和で、一見、差し出がましい言動などしない風に見えるのだが、昨夜のごとく「あちらを立てれば、こちらが立たず」のような状況になったりすると、諸方を怒らせぬよう柔軟な態度を取りながらも、道理や正義が歪められることのないように、最善の道を懸命に探すのが常なのである。

今回の件でも、若年寄方からいっこう何の返答もなく、上様へのご報告が遅れそうなのを見て取って、「使番方を使う」という手段を思いついたに違いない。

通常よく使番方の夜勤の者らが動くのは、夜間、江戸市中に大きな火事が起きた際である。火事の際には、現場近くで「半鐘（はんしょう）（小型の鐘）」が鳴らされるし、暗闇のなかに火の手も上がる訳だから、その半鐘の音や火の手を、まずは江戸城の諸門を警固している番方の夜勤の者たちが見聞きして、城内に急報し、その報せが使番方にも目付方にもそれぞれに入ってくる。

つまり通常の火事の際などには、別にわざわざ目付方から使番方へと報せることはない訳で、そこを今回「変事があった」ということで目付方からわざと報せて、使番方を起動させたという訳だった。

一方では「壱岐守さま」からのご返答を待ち続け、一方では「火事の際に倣った形」を装って使番の口から上様にお報せをするという、実にのらりくらりとした佐竹らしいやり方で、宿直番の目付としての道理を通したということになる。

そんな佐竹が頼もしく、好ましくて、十左衛門は笑顔を向けた。

「いや、佐竹どの。ご苦労でござったな」

「いえいえ。夜中の馬の捜索でお疲れなのは、蜂谷どのにてございますゆえ……」

朗らかにそう言って、佐竹も笑みを見せている。

その佐竹甚右衛門にうなずいて見せると、十左衛門は、稲葉と荻生の二人にも等分に目を向け始めた。

「『今更』という向きではあるのだが、この機に、ちと改めて、申しておきたき儀がござってな」

「はっ」

改めての「ご筆頭」の言葉に、佐竹・稲葉・荻生の三人はそれぞれにサッと居住まいを正した。

「話というのは他でもない。我ら目付の『在り様』についてのことだ」

「在り様、でございますか？」

口を挟んできたのは、三人のなかでは一番の年長者の佐竹である。

たぶん「ご筆頭」である自分に気を遣って、話しやすくなるよう、合いの手を入れてくれたに違いない。

「うむ……」

と、うなずいて見せると、その佐竹の気遣いを有難く受け取って、十左衛門は先に進んだ。

「いやな、縦しこたびが一件のように、何ぞか判断に困るような事態が起こったとしてもだ。おのおの『これが最善』と選ぶ方法が決まったら、少しくらい恐ろしゅうてもどこにも要らぬ忖度などはせず、一件の解決が正常に、かつ一刻も早くつくよう、迷わず突き進んで欲しいのだ」

たとえば今回の一件で言うならば、まさしく蜂谷のような状態で、中奥や御用部屋への報告の義務など、頭の隅にも浮かんではいないかのように、「とにかく早く、馬を全頭捕まえねば……！」と、目付部屋を飛び出していってしまっている。

ああして厩方の者らと一緒になって馬探しにのみ専念するなどということは、むろん目付の本業ではないのだが、稲葉も言うよう、今回ばかりは「馬の無事」が一番なので、臨機応変、馬の扱いに自信のある蜂谷が助力をすることは、間違いではないのである。

それでもやはり、上様や御用部屋の上つ方に何の一報も入れずに夜が明けていたならば、当然、諸方から「お叱り」を受けていたことだろう。

今回は、城に残っていた佐竹が上手く機転を利かせて、あちこち報告を入れておいてくれたので、目付としての蜂谷の「在り様」が問われる心配はないが、もしこれが蜂谷一人の時に起こっていたら、蜂谷はおそらく諸方から責め立てられていたに違いなかった。

「だが儂は、こたびの蜂谷どのの在り様が間違っているとは、やはり思えぬ。昨夜のうちに諸方に一報を入れたとて、それで馬がよけいに見つかりやすくなる訳ではなし、むろん余裕があるならば、こたび佐竹どのが手配をかけてくれたよう、一報しておくに越したことはないのだが、余裕がなければ、報告のほうは後まわしになったとて、構わぬと思うのだ」

「…………」

見れば、三人はそれぞれに黙り込んでいる。そんな三人に一人ずつ目を合わせて、十左衛門は目付方の筆頭として、こう言った。

「ただこれは、こたびに限ったことではない。普段、我らが扱う案件は、たいていが『馬の脱走』より複雑な案件だ。そうした際も、もし『これが最善だ』と、おのおの心を決められたなら、諸方への忖度になど迷わずに突き進んでいただきたいのだ」

「ご筆頭……」

小さくそう言ってきたのは、佐竹甚右衛門である。その佐竹に、十左衛門は力強くうなずいて見せた。

「縦し、それで上つ方から何ぞか責められることになった際には、不肖、目付筆頭である儂が、『おのおの方の目付としての在り様が間違ってはいないこと』を主張して、必ず戦う。信じてくれ」

「はい」

「ははっ」

佐竹と稲葉が重なるように返事をして、深々と頭を下げている。

その横に並んでいる荻生も、むろん佐竹や稲葉と同様に十左衛門に低頭してきてはいるのだが、目を伏せたその顔には明らかに屈託の色が見て取れた。

そんな荻生を、十左衛門は静かに見つめるのだった。

三

馬を扱う役方である『厩方』は、上様の御乗用の馬をはじめとした幕府の御用馬を預かって、調教や飼育をし、また厩や馬具など、馬に関わる一切を管理するのが仕事である。

役高・二百俵の『馬預』を長官として、役高・百俵五人扶持の『馬方』や、五十俵三人扶持の『馬乗』、十俵二人扶持の『馬飼』といった下役の者らが働いているのだが、江戸市中に幾つもある幕府の厩を手分けして担当し、それぞれに振り分けられている馬たちを管理していた。

そうした厩のなかの一つ、神田橋御門の近くにある『神田橋御厩』で、春まだ浅い二月初めの昨日、馬の脱走事件が起こったという訳である。

この神田橋の御厩には、さまざまな調練に対応できるかなり広めの馬場が併設されており、その馬場に放ってあった馬三十頭のうち、二十四頭もが脱走していたのだ。

厩方の者たちが「脱走」に気がついたのは、昨日の宵、六ツ半（午後七時頃）過ぎのことだったという。

馬場に放してあった馬たちを「寝床の厩舎に移そう」として、その日当番であった厩方の下役三名が馬場までやってきたところ、とんでもなく馬の数が少ないことに気がついた。青くなって馬場を隈なく探しまわってみると、厩舎からは遠い場所にある裏口のような出入り口の柵の横棒が一つ外れており、どうやらそこから馬が逃げたらしいと判明したという訳だった。

「いやしかし、ご筆頭に拾うていただいて助かったぞ」

「はい」

話しているのは目付の蜂谷新次郎と、厩方の下役の男である。

今、蜂谷たちは、十左衛門が預けた馬二頭を辻番所から引き取って、神田橋の御厩に戻る途中で、やはりあの野良馬たちは馬場から脱走した御用馬であったのだ。

「ご筆頭より『良き馬』とは伺うていたのだが、これほどの馬とは思わなんだ。縦しこの二頭が町場のほうへでも向かっておったら、もうとうに誰ぞ馬の目利きにでも捕まって、高値で売られておったやもしれぬな」

「はい、まことに……」

　辻番所に繋がれていた栗毛の馬二頭は、目利きが見れば「おう！　あれは……」と、遠くからでも目をつけるような上玉で、色艶も肉置きも抜群なのである。

「したが、どうして宵の口まで厩舎に入れずにおったのだ？　日が落ちて、なお馬を馬場に出しっぱなしにしておいては、馬たちも闇に怯えて気が休まるまい」

「はい。ただ実はそのあたりのことを、調教している最中でございましたので」

「…………？」

　目を丸くして向き直ってきた蜂谷に、厩方の男は説明をし始めた。

「あの馬場に出しておいた三十頭は、春の『鎌倉遠馬』に出そうかと、調整をしている馬たちでございまして……」

「おう、鎌倉遠馬か！」

　話の途中で、蜂谷が思わず喰いついてしまった『鎌倉遠馬』というのは、八代将軍・吉宗公が始められたとされている馬術披露の行事の一つである。

　江戸から鎌倉の鶴岡八幡宮までの区間、おおよそ十三里（約五十二キロ）を、一騎手一頭、人馬一体となって一日のうちに往復し、江戸まで無事に戻ってくる早さを競うものであった。

通常は江戸を明け六ツ（夜明け時）頃に出立し、品川宿から東海道を南下して、川崎、神奈川、保土ヶ谷と各宿場町を駆け抜けて、そこから戸塚へと入り、鎌倉道をひた走って鶴岡八幡宮の門前に到着するのが、四ツ（午前十時頃）か四ツ半（午前十一時頃）というところである。

到着後は八幡宮にお詣りをし、人馬ともに少し休んでから帰路につくのだが、帰りは行きより「疲労」の分だけ遅くなるため、江戸に戻ってこられるのは暮れ六ツ（日暮れ時）前後というのが普通であった。

この鎌倉遠馬には、毎年、十頭から十五頭ほどの御用馬が選ばれて、馬術に長けた幕臣たちが騎手となり、春先の天候の良き日に行われることになるのだが、元来この鎌倉遠馬を始められたのが吉宗公で、その後も吉宗公の昔と同様に、上様へのご上覧が目的となっているから、主催となるのは「上様の側近である中奥の役人たち」と、「御用馬を預かって馬の調教をする厩方の者たち」である。

それゆえ鎌倉遠馬の騎手には、馬術自慢の『小姓』や『小納戸』といった中奥役人と、厩方が推薦の名手たちばかりが選ばれて、そこに数名、諸役の番方から「我こそは！」という立候補者が加えられる形となっていた。

今回はおそらく十五人ほどが参加するはずだから、その倍の三十頭ほどを幕府の全御厩のなかから選んで神田橋の御厩に集め、鎌倉遠馬の候補馬として調整しているということだった。

「いやしかし、さすが鎌倉遠馬の候補馬として選ばれる馬は、そこらの馬とは出来が違うものだな」

馬好きの蜂谷がそう言って、改めて惚れ惚れと栗毛の馬二頭を振り返っていると、

「佐橋」と名乗るその厩方の役人は、

「有難うございます」

と、まるで自分が褒められでもしたように、嬉しそうな顔をした。この佐橋兼二郎という男は、厩方では組頭格ともいえる役高・百俵五人扶持の『馬方』の一人である。

「ですが鎌倉遠馬の場合には、体力や脚力のほかにも、外界の物に動じぬ『肝』がなければなりませぬので」

「肝?」

「はい。『肝の太さ』と申しますか、『肝の据わりよう』とでも申しましょうか……」

なにせ鎌倉遠馬は往復で二十六里（約百四キロメートル）もあるため、途中、宿場や路上などで馬を休憩させねばならないが、そうした際に周囲の通行人や物に怯えて、

水や餌を口にできないようでは、二十六里分の体力がもたない。

　それゆえ、少しくらい不安な場所でも平気で飲み喰いができるよう調教するため、鎌倉遠馬の候補馬たちには、朝夕の餌やりを厩舎ではなく、あえて馬場でやるようにしているという。

「厩舎なれば、馬を寝床に分けてから与えますので、馬はそれぞれガツガツと喰う馬（もの）、のんびり休み休み喰う馬と、自分の好きにいたしますが、馬場でいっせいに餌やりをいたしますと、そういう訳にはまいりませんので……」

　馬場は厩舎のなかとは違って外界の音がそのままに聞こえるため、そうした物音を気にしてなかなか食べ始めないでいたりすると、餌は他の喰い意地の張った馬たちに横取りされて、喰いっぱぐれてしまうことになる。

「ことに馬の夕飯を、わざと日が落ちるのを待ってから馬場にて与えますと、臆病な馬（もの）たちは周囲の暗がりが気になるらしく、喰うのに集中できませぬ。そこを私どもが横について励ましてやりまして、不安な場所でも飲み喰いができるようにいたしますので」

「なるほど……。それゆえ馬場に馬を残しておったという訳か」

「はい。馬は夜目が利きますが、それでもやはり、暗がりを怖がるものが多うございますゆえ、『肝』を太うする鍛錬にはなりますものかと」

「うむ。さようであろうな」

初めて聞く話に、蜂谷は大きくうなずいていた。

昨夜から馬を探して、一晩中ほかの厩方の者たちと一緒に行動していた蜂谷だが、今のように「どうして馬に脱走されるに至ったか」については、まだ誰にも訊ねてみてはいなかったのである。

それというのも何せ蜂谷(こちら)は目付ゆえ、馬の捜索を手伝ってやろうとするだけでも、厩方の者らは不要に怖がって構えたり、恐縮してきたりしていて、もし今すぐに「何ゆえ馬に脱走されたのだ？」などと訊こうものなら、それにどう答えるべきかに皆が汲々(きゅうきゅう)とし始めて、肝心な馬の捜索に支障をきたしてしまいかねないのだ。

今、図らずも佐橋から、「なぜ日暮れ過ぎまで、馬たちを馬場に残したままだったのか」その理由については聞くことができたが、目付方としては、「裏口の柵の横棒を外したままにしたのが誰だったのか」、その失態の全容も含めた厩の管理体制の是非を調べて、今後の指導をしなければならない。だがそれも、馬が全頭、無事に見つかってからの話であった。

蜂谷らがくだんの二頭を連れて神田橋御厩まで戻ってくると、はたして馬は新たに七頭ほど見つかったということで、蜂谷と佐橋が連れてきた二頭を加えると、つまりはこれで二十一頭まで戻せたことになる。

　逃げた二十四頭のうち、二十一頭まで見つかったというのだから、残すはあと三頭であった。

「よし。なれば、おのおの方、あと一踏ん張り、探しに行くとするか」

　自分と同様、徹夜明けの厩方の皆を励まして、蜂谷が明るく声をかけると、横で佐橋があわてて止めて言ってきた。

「とんでもございません、蜂谷さま。あとはもう私どもで探しますゆえ、どうか少しでもお休みを……」

「いや、構わん、構わん。日頃より、宿直の番で城に詰めておる際などは、一晩まるで横になれぬことなど茶飯事ゆえな」

　実際、城からも確認できるような江戸市中のどこかで、夜間に火事があったりすると、城の櫓に上って火勢や方角を確かめたり、火事の近さや大きさによっては自ら現場に出向いたりと、一晩中寝られぬことは、ままあるのだ。

「して、今、捜索が続いているのは、どのあたりだ？」

「神田川に沿った土手の一帯と、一ツ橋御門前の火除け地の草地とに、多く人手を集めておるそうにてございまする」

蜂谷と佐橋が話しているのは、捜索の場所や範囲のことである。

昨夜から皆で捜索の範囲を区切って、手分けをしていたのだが、見通しの良い場所を担当していた者たちは、夜が明けて周囲が見通せるようになってからは、見張りを数人その場に残すきりで、ほかの者らは他所(よそ)の応援にまわっているらしい。

馬はとにかく安全そうな場所を選びながら、ひたすら餌を求めてうろついているはずだから、青草が生えている静かな場所があれば、そこに集まるのが普通である。

だが今は二月初めで、神田川の土手地にも一ツ橋御門前の空き地にも、まだあまり青草は生い茂ってはいないため、馬はそうした草地に集中してしまうことなく、餌を求めて、あちこちに散ってしまったのであろうと思われた。

「馬もそろそろ腹が減ってくる刻限ゆえ、本気で餌を探し歩くに違いない。夜が明けて周囲(まわり)への怖さが減れば、よけい遠くまで散るやもしれぬし、急がねばな」

「はい」

そう言って蜂谷と佐橋が捜索の一同に加わるべく、神田橋御厩を出ようとした時である。

「蜂谷さま！　佐橋さま！」

と、二人の背中を追って、馬場のほうから駆け寄ってくる者があった。

「塚本か？　どうした？」

佐橋に「塚本」と呼ばれた若い男は、役高・五十俵三人扶持で『馬乗』と呼ばれる下役の者である。

「実は今、他所の御厩の皆さま方にお集まりいただき、改めて馬をそれぞれ確かめていただいたのでございますが、どこの厩のものでもない馬が、四頭ばかり混じっていたようでございまして……」

「なに？　どういうことだ？」

目をむいた蜂谷に、

「それが……」

と、塚本は困った顔をそのままに、説明をし始めた。

塚本の言った「他所の御厩」というのは、神田橋御厩以外の御厩のことである。

幕府の御厩は、ここ神田橋のほかにも、桜田門の近くにある『西ノ丸下御厩』や、『雉子橋御厩』、『鍛冶橋御厩』などがあり、それぞれに幕府から御用馬を預かって、調教したり、飼育したりしている。

今回の鎌倉遠馬にあたっては、こうした諸所の御厩が「この馬なれば……！」と、それぞれ自分の厩から自慢の良馬を候補馬に出していて、それを神田橋御厩で一時的に預かって鎌倉遠馬用に調教していたのである。

それゆえ逃げた二十四頭についても、すべての馬の特徴を熟知している訳ではない。

自分たちが神田橋で飼育している馬については、体軀の特徴ばかりではなく、好き嫌いや細かな癖までしっかり頭に入っているのだが、他所からの預かり馬については、正直なところ、さほどには区別がついていなかったらしい。

昨夜から今までに、逃げた二十四頭のうちの二十一頭まで見つかったとそう思っていたのだが、ついさっき改めて他所の御厩の役人たちにも集まってもらい、自分の厩から出した馬がすべて揃っているか否かを確かめてもらったところ、

「うちの馬ではない」

「いや、うちの馬でもございませんぞ」

という、つまりは「どこの御厩の馬でもない馬」が四頭もいることが判明した。

つまりは、そこらをうろついていた野良馬が捕まって、一緒に混じってしまったというのだ。

「なれば、その四頭分は、いまだ見つかっていないということだな」

蜂谷ががっかりしてそう言うと、塚本も「はい……」とため息をついてきた。

「もとより見つかっていなかった三頭にその四頭を加えまして、都合、七頭、まだ探さねばなりませんようで……」

「うむ……。して、その野良馬、四頭はいかがする？」

野良馬たちの行く末が気になって訊ねると、そんな蜂谷の疑問に、今度は横から佐橋のほうが答えてきた。

「御厩で引き取ることとなりましょう。これまでも実は幾度か野良馬が、餌を目当てに厩舎に入ってきたことがありまして、そうしたものは仕方ないので捕まえて、病気や暴れ癖などないか否かを確かめましてから、御厩内にいる御用馬の老馬らとともに飼うてやっておりますので」

「おう、さようか」

気が優しいうえに根っからの馬好きの蜂谷は、心底ほっとしていた。

そも幕府は、こうした野良馬や野良牛については、基本的に保護する方向で対策を取っている。

牛馬は荷運び、農耕、乗用と、町場でも百姓地でも武家地でも広くさかんに使われているが、体軀が大きく有用な分、飼うには相応に金がかかる。

ことに江戸の市中は物価が高くて、飼い葉の代も馬鹿にならないため、病や老いで荷運びや農耕、乗用に使えなくなった牛馬を捨ててしまう飼い主もかなりいて、幕府ではそうした「牛馬の放逐」を、古くは五代将軍・綱吉（つなよし）公の時代から禁止し続けているのだ。

　ところが、これが、いっこうになくならない。

　現に今回の一件でも、四頭もの野良馬がこの辺りをうろついていたことが判明した訳で、目付方としては、脱走馬の一件だけではなく、こうした野良馬の問題についても考えなければならなかった。

　この先まだ七頭の脱走馬を探さねばならないが、間違えて捕らえられる野良馬の数は、さらに増えるかもしれない。

　そんな野良馬問題に蜂谷が考えをめぐらせていると、前で塚本が頭を下げて言ってきた。

「では蜂谷さま、佐橋さま、私ちと皆のところに戻りまする」

　土手の草地は神田川に沿って長く続いているので、塚本も、これからそちらの捜索に加わるつもりでいるらしい。

「おう、なれば、拙者もともに参ろう」

　とにかくまずは、馬を全頭戻さねばならない。塚本や佐橋ら厩方の者たちとともに、蜂谷も再び捜索へと向かうのだった。

四

「いや、これはいかんぞ……」

神田川の土手を見渡せる川沿いの道に着くなり、蜂谷はこう呟いていた。

蜂谷が「いかん」と言ったのは、今、目の前で土手の全域に広がっている厩方の者たちの、馬の捕獲方法のことである。

ザッと見渡して数えただけでも二十人近くもの男たちが散らばって、皆それぞれに飼い葉を入れた餌桶をぶら下げ、それを文字通りの「エサ」にして馬たちをおびき寄せようとしているらしい。

「ホーッ、ホーッ」

「こーい、こーい」

などと、馬を呼ぶ際の独特な声を出しながら、どこからか馬がひょっこり現れはしないかと、目を四方八方へと光らせているのである。

その皆の必死さは、遠くこちらで眺めている蜂谷の目にも明らかで、殺気立ってもいるような男たちの雰囲気が、いかにも馬を怖がらせるであろうと思われた。

「佐橋どの、これでは駄目だ。かように皆でギラギラと目を光らせておっては、寄りつくものも寄りつかんぞ」

「はい……。ではやはり、人数をも間引きましたほうが？」

「うむ。気が急いておるゆえ人数を減らせば心配にもなろうが、まずはいったん半分ほどに人は減らして、その代わり、馬を使うてみてはどうだ？」

「馬、でございますか？」

「さよう。厩から、ごく穏やかで落ち着いている馬を何頭か連れてまいって、土手で見せつけるようにして、桶から飼い葉を喰わせてみては……」

「さようでございますね。日頃も鎌倉遠馬の調教のために、馬場にて餌を与えておりますゆえ、この土手でも、いつものように餌やりをする風に見せてやれば、それに釣られて寄ってくるやもしれません」

「では私、すぐにも馬を選んでまいりまする」

蜂谷ら二人の話を聞いていた塚本がそう言って、今来た道を、急ぎ駆け戻っていく。

そうして小半刻（約三十分）の後には、塚本ら下役の者らが数頭の馬を選んで連れてきて、神田川土手の草地で見せつけるように餌やりをし始めると、狙い通り、まんまと二頭、馬が釣られて餌を食べにやってきた。

今度はめでたく正真正銘、野良馬ではなく「御厩からの脱走馬」と確認されて、これであとは五頭となったが、そのあとが続かない。

夕刻まで粘ってみたが、もはや野良馬すら現れずで、どうやらもうこのあたりには、馬はいないようだった。

むろんこの間、神田川の土手ばかりではなく、一ツ橋御門近くの火除け地の草場や、神田の町場、武家地のなかなども、手分けして捜索を続けていたのだが、野良馬さえも狩り出しきってしまったか、馬の影すら現れない。

それでもさらに丸二日、捜索の範囲も広げて探したが、一頭も見つけることはできなかった。

「やはり町場で馬買いの商人にでも捕まって、売られてしまったのでございましょうか……」

気弱になってきたらしい佐橋に相談されて、蜂谷は首を横に振って見せた。

「いやしかし、現に町場にそうした噂はないのであろう？　縦しそうした図々しい商人がおったにしても、町なかで野良馬を捕らえて商売ものにいたしたとなれば、相応に噂は立つであろうからな」

「さようでございますね。ではやはり、日を経てかなり遠くまで散ってしまったのでございましょうか?」

「うむ……」

神田橋御厩の厩舎のなかで、佐橋と二人、そんな話をしていた時である。

蜂谷を訪ねて、目付方の配下である徒目付の高木与一郎が厩舎の入り口から顔を出してきた。

「おう、与一郎。ここだ、ここだ」

「蜂谷さま」

厩舎の奥にはちょっとした小座敷のような部屋が作られていて、夜番で厩舎に泊まる者たちが休憩したり、仮眠したりできるようになっている。

蜂谷と佐橋はその小座敷に上がり込んで話をしていたのだが、高木が訪ねてきたということは、何ぞ報告の類いがあるに違いない。二人だけで話せるような場所に移ったほうがよかろうと、蜂谷は立ち上がった。

「今、そちらに出ていくゆえ、外で待っていてくれ」

「あ、いえ。実は厩方の皆さまにも、こたび捕まった脱走馬につきまして、ちとうかがいたきことがございますゆえ」

「はい。では、どうぞこちらに……」

　佐橋に勧められて、高木は蜂谷と佐橋とに「失礼をいたします」とていねいに一礼すると、小座敷の隅に上がってきた。

　高木は役高・百俵五人扶持の『徒目付』であるから、役高で比べれば、同じく百俵五人扶持の『馬方』役である佐橋とは同等ではあるのだが、馬方役は先祖代々、馬に詳しい家系の者が務めて、折々、上様の御前にも馬を引いたりして出なければならないため、御目見を許された「旗本」の身分なのである。

　一方で『徒目付』役は、当人が懸命に務めて優秀であれば、旗本身分の者が就く役職に出世することも夢ではない、「御家人のなかでは最高峰」といえるお役ではあったが、あくまでも身分は「御家人」なのである。

　それゆえ今も高木は、蜂谷にはもちろんだが馬方の佐橋にも遠慮して、座敷の隅の上がり口に控えたままで話し始めた。

「こたび捕まえた馬たちのなかに、御厩のものではない『野良』が四頭、混じっていたとうかがいましたが、そのなかに『明らかに捨てられた』と見える老病の馬などは入っておりましたでしょうか？」

「はい、おりました。四頭のなかではございませんが、老いた馬なれば、こたびの件で二頭ほど……」

高木に訊かれて、佐橋は一気に前のめりになって話し始めた。

「実を申せば、こたび捕まえた野良の馬は、くだんの四頭だけではございませんで、見るからに『捨てられた』らしい可哀相な馬らがおりまして……」

明らかにかなりな年齢で、試しに佐橋が跨ってみようとしたら、しごくおとなしく背に乗せて歩き出そうとはしたものの、幾歩か前に進んだら、辛そうにして立ち止まってしまったそうだった。

「けだし全身隈なく診てやりましたが、幸いにして病んでいる部分はございませんでしたので、退役した御用馬たちとともにして飼うてやることといたしました」

「さようであったか……。いやしかし、病が無うてよかったぞ」

「はい。まこと、病持ちでは、仲間と一緒に馬場に出ることも叶いませぬので……」

佐橋も蜂谷も馬好きなのは同様だから、捨てられたらしい老馬二頭に、すっかり同情している。

そんな二人の会話が途切れたのを見計らい、高木が本題に入って、こう言った。

「その老馬でございますが、少なくともそのうち一頭につきましては、どうもこたびの騒動に乗じて、どこぞの武家が『ここぞ』とばかりに捨てたようにてございました」

「なにっ？」

すでに怒りの顔つきで身を乗り出してきた「蜂谷さま」に、高木は急いで先の説明をし始めた。

「実は先般お申し付けをいただきました『野良馬の実状』をば探りたく、ちとまた武家奉公の中間たちに混じりまして、訊き込んでいたのでございますが……」

高木ら目付方配下の者たちが、武家の調査をする際によく使う手段の一つに、「武家奉公の渡り中間に化ける」というものがある。

あらかじめ「一年」「二年」と奉公の期間を決めて武家に雇われている、いわゆる「渡り中間」と呼ばれる男たちは、もとより期間雇いである気楽さも手伝ってか、自分が奉公している武家に対しても、さして忠義の気持ちを持っていない場合が多い。

それゆえ渡り中間どうし、夜半に酒場で知り合いになったりすると、自分がどこかで見聞きした武家のよもやま話を、まるで武勇伝のごとくに話したがる者が少なくないのである。

そうした興味本位の噂話というのは、むろん嘘や誇張も多いから、すべてを信じられる訳ではないのだが、中間たちは一時的でもその武家の家臣として内部を見聞きしているため、外部から探ったのでは判らない情報を聞ける可能性は高い。

今回、高木は蜂谷から命じられ、「野良になっている馬たちが、実際どこから、どういった形で出ているのか」、その経緯や元の飼い主についてなど調査を始めていたのだが、まず最初に野良馬の発生元として調査対象に選んだのは、町人や百姓ではなく武家であり、その実態を探るため、高木は自分も渡り中間に化けて噂話を仕入れてきたという訳だった。

「して、『ここぞ』とばかりに老馬を捨てたというのは、どこの武家(いえ)だったのだ？」

話の先を待ちきれずに、口を挟んだのは蜂谷である。馬を捨てたということ自体に腹を立てているため、蜂谷の声はいつになく険しいものになっている。

そんな「蜂谷さま」を前にして、高木は少しく困っているようだった。

「渡りの中間たちも、さすがに主家(しゅか)の名は出しませぬゆえ、どこの武家とは判らないのでございますが、どうにも驚きましたのは、神田橋御厩(こちら)に近い小川町(おがわまち)あたりの武家たちの間に、その日のうちに『馬が脱走した一件』が広まっていたことにてございまして……」

おそらくは夜半を過ぎても馬を探して、大勢の厩方の者(もの)たちが外をまわっていたものだから、「御厩で脱走があったのではないか」と、周辺の武家たちが気づいたのか

もしれなかったが、そうして実際、御厩の馬の脱走を知った武家の一つが、

「うちの老馬も、今、外に放ってしまえば、脱走馬と間違えて捕まえてくれるやもしれぬ。いったん御厩に捕まってしまえば、『老馬だから』といって捨てられたり、殺されたりすることはあるまい。おそらくは保護されて、一生飼ってもらえるだろう」

と、夜の闇に紛れて馬をどこかに捨ててくるよう、中間たちに命じたというのだ。

「何という、恥知らずな……！」

憤慨して蜂谷が声を荒げると、なぜか佐橋がそれに答えて、すまなそうな顔になった。

「小川町のあたりの皆さまが、すぐにあの一件をお知りになられましたのは、厩方の者らがあのあたりの辻番所に、『野良の馬を見かけたら、御厩に報せて欲しい』と、頼んでまわったからでございましょう。よけいな真似をいたしまして、まことに申し訳ござりませぬ」

「いや、佐橋どの。悪いのは、その武家だ。老いたからとて、飼うていた馬を捨てようなどと、ようもさような情のなきことができるものよ」

「まことに……」

だが実際にそうした武家がいたということは、他にもまだ不要になった自分の馬を、

同様に放った武家もあったやもしれず、どちらにしても以前から幕府が公布している「捨て牛馬の禁令」は、町人や百姓はおろか幕臣武家たちの間ですら、守られてはいないということだった。

「まずは全頭、馬を戻してからの話だが、こたびの一件を契機にして『捨て馬や捨て牛の禁』を、世に徹底せねばならんな」

「はい」

と、答えてきたのは、今度は高木与一郎である。

「ですが蜂谷さま、ちと私、いまだ戻らぬ馬たちの居所について思うところがありまして、存外、馬好きのここらの武家に捕まって、自家の馬として飼われてしまっているのではございませんかと……」

「おう！　いやまこと、そうかもしれぬぞ！」

高木の言うよう、やはり武家には馬好きの者は多くいて、おまけに今回、馬場から逃げた馬たちは、御厩で飼育されている御用馬のなかでも、いわば「取って置きの名馬」ばかりなのである。

そうした名馬が野良になってうろついていたのだから、どこかで見かけて、欲しくなり、捕まえて、自分の屋敷に連れてきてしまった武家もいるかもしれなかった。

「ご筆頭の御馬についてきた二頭のごとく勝手についてきてしまったものなら、なおのこと、そのまま自家の馬として飼うてしまっておるやもしれぬ。佐橋どの、まことに、これは捨て置けぬぞ」

「はい……。ただ実際、どのようにいたせばよいものか……」

まさか一軒一軒を訪ねて、「こちらに御厩の馬はいないか？」と、不躾に訊いてまわる訳にもいかないであろうし、よしんば無礼を承知で訊いてまわったとて、

「さような馬は見ておらぬ」

と、嘘をつかれてしまえばそれまでで、そこを押して、「ならば、こちらの馬小屋を確かめさせて欲しい」などとは絶対に言えなかった。

「いやまこと、佐橋さまのおっしゃる通りで、どうすれば……」

めずらしく気弱に悩み始めた高木を前に、

「おう、そうだ！」

と、何やら蜂谷が思いついたようだった。

「辻番所から広まったというなら、今度もまた辻番所を使えばよいのだ。『もし野良馬を自家で保護しておるならば、至急、御厩まで連れてくるように』と辻番所に通達を出せば、また一気に広まろうゆえな」

「ですが蜂谷さま、こたびの件がこの周辺で噂になってより、すでにもう幾日も日が経っておりまする。よしんば馬を見つけて我が物として飼うてしまっておりましたとしても、今さら『馬を預かっている』などと申し出る者がおりますかどうか……」

正直に申し出て、もし幕府に「どうして今まで黙っていたのだ？　自家の馬にでもするつもりだったのか？」とでも責められたら、答えに窮することになるであろう。

「『いっそ、このまま知らぬふりを通してしまったほうが……』と、考える輩も多いのではございませんかと……」

「ふむ……」

と、蜂谷は不快を満面に表して、眉の間に皺を寄せ、しばし考えているようであったが、つと再び目を上げると、きっぱりとこう言った。

「なれば、そのまま通達すればよいではないか」

「そのまま？」

「さよう」

蜂谷は大きくうなずいた。

「縦し馬のあまりの良さに目が眩み、『自家の所有に……』と悪心を起こしかけていたのであっても、もはや咎めぬ。家の名も、馬を拾うた経緯も訊かぬゆえ、安堵して馬を返しに来るように……と、そのままを通達いたせばよかろうて」

「…………」

瞬間、高木与一郎は絶句していた。

たしかに、あまりに「そのまま」すぎる通達である。嘘がなく、真っ直ぐで、駆け引きの類いがまったくできない「蜂谷さま」らしい通達ではあるのだが、こんな突拍子もない通達など、これまで見たことも聞いたこともなかったのだ。

結句、通達はこのままの文言で高木ら配下たちの手によって清書され、それに蜂谷が自身の名を署名して、神田橋御厩周辺の武家地である小川町や駿河台の辻番所、計二十ヶ所あまりに、その日のうちに配られることと相成った。

蜂谷の身を心配したのは、高木ら配下の者たちである。

良くも悪くも猪突猛進、「これ」と決めたら、いつも迷わず走り出す「蜂谷さま」だが、いくら御厩周辺の武家地に限るとはいえ、こんな特殊な通達を出しても大丈夫なものであろうか。

神田橋御厩から程近い武家地である小川町や駿河台には、大名家の上屋敷や譜代の旗本家の拝領屋敷ばかりが建ち並んでいる。

つまりは小川町や駿河台にある辻番所すべてに通達の文書を配ってしまうと、

目付方から大名家にも通達が渡ってしまうということで、高木与一郎は必死で蜂谷を説得し、大名家が関わっている辻番所には通達の文書を配らぬことを、承諾してもらったのだ。

通達の対象となったのは、純粋に「目付方の管轄下」として処理できる旗本武家地の辻番所のみである。

大名家管轄の辻番所を避けることに、最初、蜂谷は反対し、「大名家を相手だからといって、要らぬ忖度などせんでよい！」と不機嫌になっていたのだが、蜂谷の説得に使った高木の言は、理路整然としたもので、清廉かつ直情な蜂谷の信条を曲げるようなものではなかった。

「幕府の御厩から御用馬が逃げたと聞き知っていて、それでなお『不審なほどに立派な野良馬』に手を出すお大名家はございません。旗本や御家人といった我ら幕府の直臣と、お大名家の皆さまとの大きな違いは、幕府に対し奉るそういった緊張感にてございましょうゆえ……」

こう高木に意見をされて、「なるほど……」と蜂谷も大きくうなずいたものである。

「いやたしかに、こたびが御厩の一件でも、我ら幕臣は『御厩から馬が逃げた』と、そう思うだけであろうが、お大名家の皆さまは『幕府の御用馬が脱走して、野に散っているらしい』と、さように思われるのやもしれぬな」

「はい。されば、もしお大名家が脱走馬を捕らえれば、速やかに御厩に届けて、幕府への変わらぬ忠義を示さんとなさいましょう。ゆえに、こたびのご通達は、旗本武家地にある辻番所のみでよろしいのではございませんかと……」

「さようさな……。よし。なれば、さっそく手配を頼む」

「ははっ」

こうして結句、通達は、急ぎその日のうちに出されたのだが、これが予想を遙かに超えて上手くいき、馬たちは神田橋の御厩に続々と戻されてきたのだった。

五

最後の五頭が、無事すべて戻ってきたのは、辻番所に通達をまわしてから三日後のことである。

どこの家中の者か判らない中間や下男たちが、気まずげに、言葉少なに、それぞれ馬を返してきて、約束通り、馬を受け取る側の厩方の者たちも、いっさい何も訊かずに帰らせたため、詳しいことは判らない。

だが最終の「あと五頭」が、やはり旗本武家に捕まって飼われていたのは確かなことで、もしも高木が「馬好きの武家に捕まっているのでは？」と言い出してくれなかったら、今もまだ土手や草場や路上を探して見つからず、皆で青くなっていたことであろう。

高木の推察に従って、思いきって旗本武家たちに通達をまわして、本当によかったのだ。

今、蜂谷は佐橋と二人、厩舎の外に立っていて、くだんの馬場を一望の下（もと）に見渡している。広い馬場には鎌倉遠馬の候補馬たちが、まるで何もなかったかのように、ゆったりとくつろいでいた。

「これでようやく、そもそもの三十頭が揃った訳だな」

「はい……。まこと蜂谷さまの、ご尽力のおかげにてござりまする」

「いやいや、しかし全頭、無事でよかった」

「はい」

二人がそう言い合って、馬場を眺めていた時のことである。

さっきから馬場のなかには五、六人、厩方の者らが馬を世話して働いていたのだが、何やら馬体に問題でもあったのか、皆が一頭の馬のもとへと駆け寄ってきて「ああだ」「こうだ」と騒ぎ始めた。

「おい、どうした？」

佐橋が声をかけると、皆いっせいに振り返って頭を下げてきたが、そのなかの一人、もうすっかり蜂谷にも名や顔を覚えてもらった先日の「塚本」が、こちらへと駆け寄ってきた。

「どうもあれなる『風林丸（ふうりんまる）』が、拵（こしら）えられてしまったようにてございまして……」

「なにッ？」

横手から血相を変えてそう言ったのは、蜂谷である。

「『風林丸』というのは、あの葦毛（あしげ）か？」

「はい」

塚本の返事を聞くなり、蜂谷は佐橋や塚本とともに、皆が集まっている風林丸のほうへと走り出した。

風林丸は、くだんの三十頭のなかではただ一頭の、葦毛の馬である。

葦毛の馬は、歳を取れば取るほど白色に近くなるといわれているが、風林丸はまだ若い馬なので、いぶし銀に斑点（はんてん）を散らしたような毛の色になっている。

その風林丸の尻尾が、なぜかだらりと垂れたまま、尻のあたりにブンブンとうるさ

く虫が寄ってきても尻尾で追い払おうともしないのを、ついさっき塚本が発見して、

「これはおかしい……」と、皆で風林丸の馬体を確かめていたのだという。

　馬は尻尾で寄ってきた虫を追い払って、刺されないようにするのが自然なことなのだが、それを「しない」ということは、つまりは尻尾を「動かせない」ということなのである。

　その動かせない理由で、まず最初に「もしや」と塚本たちが疑ったのが、『拵え』であった。

　馬の尾や脚などに通っている筋（すじ）を途中で断ち切って『筋延（の）べ』し、真っ直ぐにスラリと見た目よく馬が脚（あし）運びをするように、人間（ひと）の手で加工を施した馬のことを『拵え馬』と呼ぶのだ。

「して、どうだ？　ひどく拵えられているようか？」

　蜂谷の問いに、塚本たちは皆いっせいにうなずいてきた。

「尾筋だけなら『まだしも』でございましたが、やはり前脚（まえ）や後脚（うしろ）の筋なども拵えられておりますようで……」

「ではやはり、どこぞの旗本家に捕まって、拵えられてしまったということか……」

「はい。この風林丸も昨日の早朝、どこぞのご家中の中間と見えるお人が連れてまい

りましたので」

「…………」

舌打ちをしそうになって、蜂谷はこらえた。

そもそも「馬を拵える」ことは、幕府が広く武家にも町人にも百姓にも禁じていることの一つなのである。

それというのも、尾の筋の拵えで尻尾が動かなくなるように、馬は脚の筋など一つ二つと拵えられてしまうと、脚が頑丈ではなくなってしまうため疲れやすく、長時間は駆けたり歩いたりができなくなってしまうのだ。

つまりは「いざ戦（いくさ）」という際に、軍馬としては役に立たないということで、そんな馬を武家が持とうとすること自体がおかしいのだが、戦のない平安な時代が続くと、武家はえてして外見で見栄を張りたくなってくるものか、行列の供揃（ともぞろ）えの時などに、「馬が真っ直ぐおとなしく、美麗な歩調で進むように……」と、自家の馬を拵え馬にしてしまう者も後を絶たないのである。

今回も、脱走して野良の状態にあった「風林丸」を捕まえた武家が、自家の馬としてあちこちを拵えてしまい、その後で辻番所から通達を受け取って、仕方なく返してきたに違いなかった。

「『拵えたい』と思う輩の気が知れぬぞ」

憤懣やるかたなく蜂谷が吐き捨てるようにそう言うと、横で「まことに……」と、塚本も大きくうなずいた。

「馬がどんなに痛かろうと考えますだけでも、身震いがいたしまする……」

「さようよ」

痛がって暴れる馬の姿が目に浮かぶようで蜂谷は顔をしかめたが、そうして蜂谷が塚本と話をしている間にも、佐橋は一人、風林丸の馬体をあちこち確かめたり、自分で口取りして歩かせて、歩調の具合を眺めたりしている。

そうしてあれこれ自分の目でも確かめてから、佐橋はすっかり血の気の引いてしまった顔を、蜂谷へと向けてきた。

「蜂谷さま、まことに申し訳もございません。『風林丸』は、前脚も後脚も、やはり手を入れられておりまする。とてものこと、十三里もの鎌倉遠馬に出せるものではございません……」

「やはりな……」

もとより鎌倉遠馬に出馬するのは十五頭あまりだから、三十頭いる候補馬のなかから風林丸一頭が抜けることには、さほど問題はない。

　だが幕府は、何かと人間(ひと)の使役に耐えてくれている牛馬に対する保護や愛護の観点からも、また「そも武家が飼うべきは、軍馬たり得る馬でなくてはならない」という観点からも、拵え馬を禁じているのだ。

　その幕府の御用馬が、脱走の一件を契機に、何者かの手によって拵えられてしまったとあっては、実際に風林丸に手を加えた旗本武家はむろんのこと、馬場の裏口の横棒を置き忘れてしまった厩方の誰かにも、厳罰が下されるに違いなかった。

「風林丸のことはともかく、馬は全頭これで見つかりましたので、馬場の裏手を閉め忘れた者が誰なのか、これより至急、相調べる所存でござりまする。その上で、不肖、私、佐橋兼二郎も、相応にお仕置きのほどを……」

　厩方の長官は、役高・二百俵の旗本職である『馬預』たちで、馬預はそれぞれに一人が一つずつ幕府から御厩を預かっているため、この神田橋の御厩にも「曲木仙右衛門(まげきせんえもん)」という馬預が存在する。

　だが曲木は、今ちょうど幕府からの命(めい)を受けて、下総(しもうさ)の地にある幕府直轄の馬の放牧場に出張(でば)っている最中で、その留守を預かってこの神田橋御厩の責任者として立っているのは、幾人かいる『馬方』役のなかでも最古参の「佐橋兼二郎」なのだ。

　その責任を潔(いさぎよ)く自ら背負い、目付の蜂谷(こちら)に深々と低頭している佐橋の肩に、蜂谷はそっと手を置いた。

「いや、佐橋どの。それを言うなら、拙者とて同じこと……。馬の逃げた当初から、目付として、こたびの一件については請け負うておったのだから、責任は拙者にもあるのだ。もそっと早く『馬は武家地で捕まっておるやもしれぬ』と気がつけば、かようなことには……」

「とんでもございません！　馬が全頭戻ってまいりましたのは、蜂谷さまのご尽力のおかげでござりまする。こたびが一件は、すべてこの御厩の失態にてございますゆえ、蜂谷さまには何の非も……」

「いや……」

そう言って庇い合う蜂谷と佐橋を前にして、塚本ら下役の者らも目を伏せて、辛く押し黙っている。

だがそんな二人の想像もつかないところで、こたび「風林丸が拵えられてしまった事実」は波紋を呼んでいたのだった。

六

「鎌倉遠馬の候補馬が、よりにもよって何者かに『拵え馬』にされてしまったとは、どういうことだ！」

今回の一件に血相を変えていたのは、『小姓方』や『小納戸方』ら中奥勤めの役人たちだった。

もとより鎌倉遠馬は上様へのご披露が目的となっていて、騎手の多くは、馬術自慢の小姓や小納戸たちである。

自分たちが乗るはずの馬たちが脱走し、そうでなくとも気を揉んでいたというのに、やっと全頭見つかって「まずは良かった」と中奥が皆で喜んでいたら、何とそのうちの一頭が拵え馬にされていたというではないか。

何がどうなっているものか詳細を知りたいが、中奥の自分たちから直に厩方へと働きかけると、上様よりの御言葉として捉えられてしまい、大騒ぎになってしまうから、安易に訊ねてみる訳にはいかない。

そこで「そうだ、あやつに訊けばよいではないか」と白羽の矢を当てられたのは、目付の荻生朔之助であった。

中奥出身の荻生には、いまだ幾人もの「元上役（うわやく）」や「元先輩」の方々が現役で中奥に残っていて、そうしたうちの一人、最古参の小納戸である吉積籐七郎（よしずみとうしちろう）という男が、昨晩、荻生の自宅屋敷の玄関に押しかけてきて、

「これだけの一大事なのだから、すでに目付方は動いておるのであろう？　どうなっておるのだ？」

と、詰問してきたのである。

その報告を荻生から受けた目付筆頭の十左衛門は、今回担当である蜂谷から詳細を聞こうと、余人のいない目付方の下部屋（した）に蜂谷を呼び出していた。

「どうか、是非にも、私も……」

と、荻生も同席しているため、今この下部屋には、十左衛門と蜂谷と荻生、三人が揃っている。

まずは蜂谷が一件の経緯を順序立てて説明し、ようやく話が風林丸まで行き着いたところである。その風林丸の「拵え」の話に入ると、荻生の表情はいよいよ険しさを増してきた。

「して、蜂谷さま。風林丸を拵えた武家というのに、すでに目星はついておられるの

でございますか？」

鋭く突き込んできた荻生に、蜂谷は少したじろいだようだった。

「今、高木与一郎に厩方の者らをつけて、探している最中でござるが……」

風林丸を返却しに来たのは老齢の中間で、その中間から風林丸を受け取った厩方の下役二名が、淡い記憶を頼りに、高木ら目付方とともにその男を探しているという。

「どのように探しておりますので？」

荻生は先を限定して、斬り込んでくる。その荻生に、蜂谷は今度は腹を据えたか、真正面に向き直った。

「厩方の二人のうちの一人には、小川町や駿河台を目付方とともに歩いてもらい、いま一人には高木をつけて下馬所をまわり、くだんの老中間がおらぬものか、日々探してござるゆえ……」

「…………」

と、荻生が明らかに、わざと見せつけるようにして、一つ大きくため息をついてきた。

「『犬も歩けば……』とはたしかに申しますが、さようなことで、まこと、その中間が見つかるとお思いで？」

「…………！」

蜂谷のほうも、さすがにカッとしたのだろう。荻生を睨んで、腰を浮かせかけている。

「そこまでだ」

二人の間に割って入ると、十左衛門は荻生に向けて、ピシリと言った。

「こたびのご担当は、蜂谷どのにござるぞ。いまだ調査の最中でもあり、余人が横から口を挟めば、それでかえって調査の全体が歪むという場合もある。もうこれ以上は、お控えなされ」

そう言って十左衛門が首を横に振って見せると、

「はい……」

と、荻生も悔しそうだが返事はして、蜂谷からは目をそらせた。

そんな荻生に一つ小さくうなずいて見せてから、十左衛門は、今度は蜂谷と真っ直ぐに目を合わせて言い始めた。

「しかして蜂谷どの、こたびはいささか為さりようが粗いのも、たしかでござるぞ。ことに、旗本武家地の辻番所にまわされたご通達については、やはり事前に報告なり、相談なりをいただきとうござった。『有事の際は、いかな夜半であっても、筆頭の拙者を起こすに遠慮は無用』と、いつも申し上げておるはずだ」

「はい……。馬の集めに焦りすぎ、目付としての冷静を欠いておりました。まことにもって申し訳ございませぬ」

「うむ。判っていただければ、それでよい」

「ははっ」

十左衛門に向けて改めて頭を下げると、蜂谷はやおら荻生に向き直って、こう言った。

「荻生どのには、こたびはまことに、ご面倒をばおかけいたし、申し訳もござらぬ。これよりは何ぞ一つでも調べに進展がござれば、目付部屋にも中奥へもご報告をいたそうゆえ、堪忍してくれ」

「はい……。こちらもまこと、ご無礼の段、お許しを……」

荻生も言って、ていねいに頭を下げている。

その荻生の横顔も、その声も、決してすべてをスッキリと納得したものではないことは見て取れたが、十左衛門は「それでいい」と考えていた。

目付が十人も要る理由は、万事、物事の正解が一つとは限らないからである。

年齢も、目付としての研鑽も、自分よりは遙かに上の蜂谷に対しても、こうして荻生が忖度なく物を申せて、一方で蜂谷も後輩の荻生に対し、「非」が自分にあると判れば素直に謝ることができるというのは、目付方筆頭の十左衛門としては、実に嬉しく頼もしいことなのである。

風林丸が「拵え馬」にされた一件で、縦し蜂谷に、何ぞ上つ方より処罰の下るようなことがあれば、その時は、筆頭である自分が矢面に立ってやればよいのだ。

「よし。なれば、この話は『終い』といたそう」

十左衛門はそう言うと、わざと少しく冗談めかして、「おのおの方……」と目の前のたった二人に向けて、居住まいを正した。

「こたびの一件とは限らず、また何ぞか思うところのある際には、いつにても遠慮は要らぬゆえ、儂に声をばかけてくれ。こうして万事、皆であれこれ真摯に考えて話をすれば、おのおのさほどに『道理を誤る』こともなかろうからな」

「はい」

「ははっ」

荻生と蜂谷がそれぞれに返事して、三人は下部屋を出ると三様に、忙しく散っていくのだった。

七

　風林丸の一件に、思わぬ展開があったのは、それから数日後のことである。

　神田橋の御厩からも遠くない神田三河町の『自身番』から、御厩へと使いが駆けつけてきて、

「町なかで、やけに立派な葦毛の馬が暴れまわっている」

　と、報告をくれたのだ。

　折しも蜂谷は佐橋とともに、高木や厩方の者たちから、くだんの老中間の捜査について定期の報告を受けていて、「いっこう中間が現れない」ことに眼前を暗くしていた矢先であった。

「『立派な葦毛』といわれましても、すでに全頭、見つかっておりますゆえ、野良の類いではございましょうが……」

　そう言ってきた佐橋に苦笑いでうなずいて見せてから、だが蜂谷は、すっくと立ち上がった。

「したが町場に、怪我人を出してはならぬ。疾く捕らえてやらねば」

「はい。まこと、さようにございますな」

佐橋もすぐに気を取り直し、配下の者たちに命じて、馬の捕獲の支度にかかった。

町場に出たということだから、町なかで捕らえるに都合のよい道具を準備することとなる。

どこまでもだだっ広い草原のような場所では使えないが、四方八方、家が建て込んでいる町なかの路上であれば、漁場でも用いるような長く大きな網(あみ)を横に張り、その前に長梯子(ながばしご)を幾つか横向きにして、馬場の柵のようにして使えば、馬は行き場を失って、暴れながらも少しずつ落ち着いてくることが多い。

問題は、暴れる馬を、いかにして上手く長梯子や網のほうへと誘導するかということで、馬は頭のよい動物だから、梯子と網を二重張りにした、いわゆる「罠」を目にすれば、別の方向へと逃げようとするのは明白であった。

はたして蜂谷が、高木与一郎や佐橋ら厩方の者たちとともに三河町へと駆けつけると、町人のなかからも腕に覚えのある男たちが名乗りを上げたらしく、どうにか馬に縄をかけようと必死になっている。

だが馬は縄を手にしている男たちを威嚇(いかく)して、後ろ脚で立ち上がり、今にも誰かを蹴り倒しそうだった。

「よし！　もうよいぞ。下がっておれ。他所に行かぬよう留めてくれて助かったぞ」

騎馬の蜂谷が、馬上から男たちに礼を言うと、男たちも自分らの面目が保てて満足をしたらしく、素直に散り始めた。

「なれば、佐橋どの、塚本どの、これより三方から追い込もうぞ。皆よいか？　行くぞ！」

「ははっ！」

蜂谷と佐橋が馬の捕獲場所として選んだのは、大通りからは一つ折れた横道の十字路である。

馬が狭さに警戒するほど道幅が狭くもなく、さりとて自由に逃げられるほど道幅が広くはない十字路の一方に、長梯子を横に構えた人員を配置して、その背後に、馬が視覚的に観念するよう網を張らせて待ち受けて、十字路の残りの三方から、蜂谷と佐橋、それに『馬乗』の塚本の三人が、騎馬のまま暴れ馬を追い込んでいこうというのだ。

「よーし、よし。そなたは、まことに良き馬ぞ。怪我をせぬよう、そちらへと入って行けよ」

何やら、ちと気が抜けるほどに、蜂谷は馬上から穏やかに暴れ馬へと声をかけ続けていて、離れた場所で見物している町場の者たちなどは、皆で目を丸くして、何やら囁き合っている。

「ほーい、ほーい」

「どう、どう、どう……」

佐橋と塚本の二人も馬上からそれぞれに声を上げて、暴れ馬をなだめつつ、二方向から馬を少しずつ追い込んでいく。

「おう、よしよし。よいぞ、よいぞ、良い子だな。どうだ、腹も減ったろう？　ほれ、そこに飼い葉もあるゆえ、喰うてよいぞ」

蜂谷が馬に向けてそう言った先には、さっき高木が気を利かせて、長梯子の柵よりかなり手前に設置しておいた飼い葉桶が、幾つか並んでいる。

馬は飼い葉に気を引かれながらも、依然、人間たちを警戒して、鼻息あらく足踏みをしていたが、長梯子の柵も、その後ろの大網もまるで動かず、襲ってくる様子もないため、空腹に負けて、飼い葉桶の一つに長い顔を突っ込んだ。

「うむ。よいぞ。美味(うま)いであろう？」

蜂谷は馬上から声をかけるだけで、すぐには動かない。だが野良馬が飼い葉を半分ほども喰い終えると、そっと静かに馬から降りて、自分の馬の口を取ったまま、他の飼い葉桶を拾って、野良馬におかわりを勧めてやった。

「ほれ、こちらも喰うがよい。美味(うま)いぞ」

一瞬ちらりと警戒したが、野良馬は、すぐにおかわりの飼い葉桶へと鼻っ面を突っ込んでいく。

「よーし、よし」

と、蜂谷がとうとう野良馬の首を叩き始めたのを契機に、いつのまにか馬から降りて、佐橋に自分の馬を預けて自由になっていた塚本が、「どう、どう、どう……」と野良馬に近づいてきて、完全に手懐(てなず)けたようだった。

「やあ、おまえ、風林丸ではないか。おう、よしよし……」

「えっ？」

と、蜂谷は驚いて棒立ちになったが、塚本はもう、その葦毛の野良馬の首っ玉に抱きつくようにして、喜んで撫でさすっている。

そうして塚本に抱きつかれても、嬉しげにされるがままになっている葦毛の野良馬は、よくよく眺めてみれば、いぶし銀に斑点のある「拵え馬の風林丸」と瓜(うり)二つであった。

「では、これが本物(まこと)の風林丸か……」

「はい。こうして撫でるとすぐに甘えて、私の着物の背を甘噛みしたりいたしますので、『風林丸』に間違いございません」

「なるほどの……」

見れば、たしかに塚本は、すでに背中を甘噛みされて、着物がべちゃべちゃになってきている。

こうして、まことにもって図らずも、なぜか二頭目の「風林丸」が現れて、後から出てきた本物の風林丸は、有難くも嬉しくも、馬体のどこも拵えられてはいないことが判明したが、一方で、一気に素性が判らなくなったのは「風林丸と瓜二つの拵え馬」のほうだった。

蜂谷は「ご筆頭」の十左衛門や荻生にも一件を報告し、きちんと相談もしたうえで、今度もまた辻番所を通して、小川町や駿河台の旗本武家たちのところに通達をまわしたものである。

「先般、御厩に戻された葦毛の若馬は、御用馬ではないと判明したゆえ、心当たりがあれば、神田橋の御厩まで引き取りに来るように……」

だが、これがいっこう、引き取り手が現れない。

かれこれ十日も飼い主を待っているのだが、うんともすんともどこからも、何の報せも入ってはこなかったのである。

八

それから更に半月ほどが経った、ある日のことである。

蜂谷はその後の報告をするべく、「ご筆頭」と「荻生どの」の二人を呼んで、人の多い目付部屋から目付方の下部屋へと移ってきていた。

本物の風林丸が、馬体を何ら傷つけられることなく戻ってきた事実については、町場で捕らえたあの日のうちに十左衛門と荻生に報せて、十左衛門が正式に中奥のほうへも報せの文を出してくれたのだが、今日はその続報を報せるべく、下部屋に二人を呼び出したのだ。

とはいえ、その続報は、

「半月も経ったいまだに、飼い主は名乗り出てはおりませぬ」

という、いささか無用ともいえる報告であったが、これを律儀に二人に報告しようと思えるのが、蜂谷の「間の抜けたところ」でもあり、真面目で真っ直ぐな「美点」ともいえた。

「して、蜂谷どの。くだんの拵え馬は、今どうしておるのだ？」

十左衛門が訊ねると、蜂谷はやおら、にっこりとしてこう言った。

「あの拵え馬なれば、神田橋の御厩にて、元気にやっておりまする」

「おう、そうか。神田橋でそのまま飼われておるのか」

「はい。拵えられておりますゆえ、本来なれば、鎌倉遠馬の候補には入らぬのでございますが、なにせ風林丸とすこぶる仲が良いようで、拵え馬(あれ)を離すと、風林丸が荒れるそうにてございまして」

「荒れる？」

「はい」

厩方の塚本たちでも、よくよく比べなければ見分けがつかないほどに瓜二つの風林丸と拵え馬は、馬場では始終二頭で寄り添っており、厩舎でも、寝床を離すと風林丸が荒れるため、隣どうしに並べてやっているそうだった。

「それほどに仲が良いうえ、瓜二つということは、何ぞ血の関わりでもあるのでございましょうか？」

横手からそう言ってきたのは、荻生朔之助である。これまでは、さして馬自体には興味もなさげであったのだが、「異常なほどに、二頭が仲が良い」と聞き、少しく興味が湧いてきたのかもしれなかった。

「いや荻生どの、まさしく、そこでござってな……」

と、なぜか蜂谷が嬉しそうに、一膝乗り出してきた。

「佐橋どのが改めて調べてくれたのだが、風林丸は『名馬が多い』と名高い南部の産でござってな。去年、その南部の馬売りから風林丸を買い付けた厩方の者が申すには、その馬売りはもう一頭、やはり立派な葦毛の馬を連れていたというのだ」

「ほう……。なれば、拵えられていた葦毛のほうは、幕府が買わずにいたその一頭であったやもしれぬのだな」

十左衛門が、つい横から口をはさむと、蜂谷は嬉しそうにうなずいた。

「はい。おそらくは、兄弟馬か何かではございませんかと」

「ですが、蜂谷さま。たしか馬と申しますのは、一時に子を産むのは一頭きりと聞いたことがございますが……」

またも鋭くそう反論してきたのは、荻生である。

その荻生に、蜂谷はいかにも物識りの顔をして、こう言った。

「さよう。一頭の牝馬が一時に産むのは、一頭きりだ。しかして優秀な牡馬は、種馬として多くの牝馬と添わせるゆえな。そうして父親が同じ兄弟が、同時に売られてきたのやもしれぬ」

「なるほど。さようでございますね」

荻生も今度は納得したのだろう、大きくうなずいている。

そんな二人を、十左衛門が微笑ましい気持ちで眺めていると、前で「あ……」と、蜂谷が何やら声を上げてきた。

「そういえば、かねてより懸案でございました『野良』についての件なのでございますが……」

蜂谷が言おうとしているのは、江戸市中にうろついている「野良馬」や「野良牛」についてのことである。

つまりは「捨て馬」や「捨て牛」を禁じている幕府の法を、いかにして武家や百姓、町人たちに守らせるかということで、蜂谷は徒目付の高木与一郎らに命じて、あの後も野良馬や野良牛について実態を調べさせていたのだ。

「半月前ああして野良馬を狩りまして、改めて驚いたのでございますが、御厩の近辺を狩っただけでも野良が幾頭も見つかりましたので、江戸の市中の全域ともなれば、かなりの数になりましょうかと思いまして……」

すると案の定、馬と牛とを合わせると、二十頭あまりも「野良」がいたのである。

高木は厩方の者たちにも手伝ってもらい、そのほとんどを捕まえて、近所の辻番所に預けたり、御厩に引き取ってもらったりと、保護の手配をつけてきたそうだった。

「けだし、そうした『野良』の牛馬は、捨てる者をなくさぬ限り、次々と出てまいりましょう。そこで私、ちと案を考えてきたのでございますが……」

「案とな？」

十左衛門が思わず身を乗り出すと、

「はい」

と、蜂谷は、少年のように悪戯っぽい笑みを浮かべて、言ってきた。

「『孝行者』を褒めて褒美を取らせるように、『牛馬を大切に飼う者』にも褒美を取らせてはいかがなものかと……」

以前から幕府は世の人々に「善行」を奨励するため、たとえば江戸市中の百姓や町人のなかに「親孝行で有名な者」があったりすると、その親孝行者を町奉行所なり、村の庄屋の家なりに呼び出して、幕府から正式な「褒美」として金子を下げ渡すことがままあった。

「そうした『孝行者への褒美』のごとく、自分の家で馬なり牛なりを二十年を越えて大事に飼い続けた者には、幾ばくかの褒美金を取らせてやってはいかがと、そう思いました……」

　人が牛馬を大事にして飼ってやれば、馬でも牛でも、二十年を越えて生きる個体(もの)が多々あるという。

　そうやって二十年、自分の家の牛馬を大事に飼って長生きさせれば、その長生きを幕府が褒めて報奨金を与えてくれる。そうなれば皆も安易に老馬や老牛を捨てなくなるのではないかと、蜂谷は考えた訳だった。

「ほう……。なるほど、それは良いやもしれぬな」

　聞き終えて、十左衛門も大きくうなずいた。

「なれば明日、さっそく目付部屋(へや)にて合議にかけて、早々に上つ方に言上いたそう」

　十左衛門が言った「上つ方」というのは、老中や若年寄のことである。

「お有難う存じまする。これにて、この先、少しでも『野良』のまま哀れに行き倒れる牛馬が減ればよいのでございますが……」

「『金子で釣らねば、幕府の禁令が守られぬ』というのが、いささか腹は立ちますが、まあ、仕方ありますまい」

　横手からそう言ってきたのは、荻生朔之助である。

「さよう、さよう。まずは長年、懸案となっていた『捨て馬』『捨て牛』がなくなることが、肝心でござるゆえな」

十左衛門ばかりか、万事に気難しい荻生の賛同まですぐに得られて、蜂谷は上機嫌なようである。

すると、その「すぐに調子に乗る先輩目付」に鋭く水を注して、荻生が言った。

「して蜂谷さま、こたびが脱走の原因(もと)については、お調べはつきましたので?」

「おう、そうそう。ちと、うっかり言い忘れてござったが、馬場の裏口の柵を開けましたものが、ようやく判明いたしましてな」

「なに？　本当か？」

「して、蜂谷さま。一体、誰が？」

十左衛門と荻生が驚いて、同時に声を上げると、なぜか蜂谷は笑い出した。

「何を笑っておいでてでございますので？」

短気な荻生が、すぐに声を荒げたが、その荻生ににっこりと微笑みかけて、蜂谷は先を続けた。

「風林丸にてござるよ。いやな、先般、塚本どのが馬場の裏口の外にいて、馬場の柵のなかにいる風林丸に声をかけたら、塚本どのの傍(そば)に来たがって、何度も何度も失敗しながらも必死になって、柵の横棒を咥(くわ)えて外そうとしたというのだ」

「いや、そうであったか……」

思わず十左衛門がため息をつくと、蜂谷は嬉しそうに言い足した。

「おそらくは、先日はたまたま『横棒外し』が上手くいき、やんちゃな風林丸を先頭に、他の馬まで脱走したものでございましょうて」

「……蜂谷さま。さようなご報告がおありなら、最初(さき)に教えてくださりませ」

「いや、まこと、さようでござるな。相すまぬ」

口では謝っているのだが、蜂谷の顔はどこまでも上機嫌である。

おそらくは、厩方の者が誰一人として処分を受けずに済みそうであるのが、心底から嬉しくてたまらないのであろう。

そんな蜂谷新次郎を、十左衛門はまた改めて、好ましく思うのだった。

第二話　黙秘（だんまり）

一

三月の初めのよき日、くだんの鎌倉遠馬が行われた。

出馬したのは風林丸を含めた十五頭で、騎手もかねてより出場予定の名手たち、小姓や小納戸ら中奥の者が七名と、厩方の者が五名、それ以外の番方からの三名である。

その十五名・十五頭が明け六ツの鐘を合図に、江戸城の大手門の前からいっせいに出立し、品川宿から川崎、神奈川、保土ヶ谷、戸塚と駆け抜けて、昼前にはほとんどの者が鎌倉の八幡宮に到着し、参拝や休憩を済ませた。

帰路はそれぞれ自分の乗った馬の調子を見て、適度に休憩を入れつつ進まねばならないため、到着には結構な開きが出てしまう。

一番に到着した厩方の者は、夕方の七ツ（午後四時頃）過ぎには江戸城の大手門まで戻っていたが、最終の番方の者などは、ようやく夜の五ツ（午後八時頃）過ぎ、疲れきった御用馬を庇って自分は下馬し、馬と一緒に三里（約十二キロメートル）も歩いて戻ってきたということだった。

八代将軍・吉宗公が始められたこの鎌倉遠馬は、そもそもは幕府の御用馬たちを、「いざ戦」という際にも使えるよう長距離走の訓練をさせるのが目的なのである。

それゆえ到着の速さを競っている訳ではなく、騎手は自分が預かって乗った馬が、どれほどの体力を備えていて、どんな走らせ方をすれば長持ちするかということを、後で報告するのだが、そうはいっても明確に順位の出るものだから、やはり皆、自然、順位を気にしてしまうのが実情であった。

十五名の騎手のなかで、前評判がことさらに高かったのは三人ほど。

まず一名は厩方から選び出された『馬乗』の役人で、くだんの塚本である。

あとの二名は、中奥から出る『小納戸』役の若槻という者と、『新番方』の番士である桑原という男であった。

こうなると中奥では若槻という小納戸を推して、「是非にも一着を……！」と躍起になるし、厩方では「馬のことなら我々が……」と塚本に期待をするし、新番方では、

「いや我らこそ、武芸の職なれば……！」と、桑原に発破をかけている。

だがいざ鎌倉遠馬というその前日、一着の予想の高かった中奥の「若槻」は、体調不良を理由に出馬を断念する旨、申し出てきたのである。

そうして結句、厩方の「塚本」が見事に一着となり、新番方の「桑原」が二着、中奥からは若槻の次に期待されていた人物が、やっと四着に滑り込んだという不甲斐なさであった。

鎌倉遠馬を主催する中奥の役人たちは、今年は期待の一番手「若槻卯三郎」の体調不良に泣いた形となったのである。


その若槻卯三郎から目付部屋へと報告の文が届いたのは、鎌倉遠馬当日の昼八ツ半（午後三時頃）を過ぎたあたりのことだった。

ほかの十四人の騎手たちが、皆それぞれに帰路の疲れに苦しんでいたような頃合いで、だが一人、体調不良で欠場したはずの若槻卯三郎は、自宅屋敷で療養していた訳ではなく、麻布の長坂町にあるという一軒の町家におり、そこで今「他人を殺めてしまった」というのだ。

若槻の自白の文面によれば、殺めた相手は中奥勤めの『小姓』の一人、西村粂之進という者で、「背後から袈裟懸けに斬った」と文にはある。

だがそれ以外の「なぜ西村を殺めるに至ったのか」といういわゆる動機や、「長坂町のその家は誰のもので、なぜそこにいるのか」という背景については、何らの記載もなかったのである。

若槻は自白の文を自分の家臣に城まで届けさせたのだそうで、本丸御殿の玄関脇には徒目付数人が常駐する番所があるため、番をしていた徒目付を通して、文は目付部屋へと届けられたという訳だった。

「どうもいま一つ、よう判らぬ」

不機嫌な顔でそう言ったのは、目付の小原孫九郎である。

今日の目付方の当番は、この小原と赤堀小太郎で、今、二人は番所の徒目付が届けてきた文を一緒に読み終えたところであった。

「なれば、この『若槻』とか申す小納戸は、いまだその麻布の町家にとどまっておるということか?」

「おそらくそうでございましょう。『もののはずみ』で殺めたものか、『殺さん』として殺めたものかは判りませぬが、どのみち逃げられぬものと思い定めて、逃げずその場に踏みとどまっておりますものかと……」

「ふむ……」

と、小原は眉の間に皺を寄せ、いかにも納得していない様子である。

その先輩目付に足労をかける訳にはいかないと、赤堀はいつものように先手で気配りをして、こう言った。

「『背後から袈裟懸けに』と申すのですから、何にせよ、事は幕臣どうしの刃傷沙汰となりましょう。ちと私、これより出張って見てまいりまする」

「おう、見てきてくださるか」

「はい。なれば、梶山。さっそくに、供をば頼む」

「ははっ」

赤堀に「梶山」と呼ばれたのは、今この文を届けて目付部屋に来た、梶山要次郎という徒目付である。

「若槻家の使者のほうは、玄関外にて待たせてございますゆえ、『町家』への案内はその者に……」

「よし。なれば参ろうか」

「ははっ」

梶山要次郎以下、数人の配下を供に連れると、赤堀は急ぎ麻布の現場へと向けて、馬を走らせるのだった。

二

若槻家の若党だというその使者が案内してきたのは、広い長坂町のなかでは裏手にあたる路地沿いの一軒家であった。

「こちらの町家にてござりまする……」

隣近所も民家らしき一軒家や長屋ばかりで、店屋の類いは、八百屋だの米屋だのといった日用品の小店すら見当たらない。人の通りもほとんどなく、まずは閑静といえる場所ではあったが、そのなかにあって、今、眼前にあるくだんの「町家」は、ことさらに小体でひっそりとしたものだった。

外はぐるりと高い板塀で囲われており、内部は見えない。

その板塀に設えられた木戸を押して入ると、だが庭は狭いながらも、やけに趣のある造りになっていた。細竹が涼しげに植え付けられている一画もあり、風流にも小さな鹿威しがコンと高い音を上げている。

「赤堀さま」

と、使者の目を盗んで小声で言ってきたのは、徒目付の梶山要次郎であった。

「やはり、これは妾宅の類いでございましょうか？」

「おそらくな……」

赤堀もうなずいていた。

外から見たかぎりでは、板塀に囲まれたただの町家にすぎないというのに、木戸を抜け、一歩なかへと足を踏み入れたとたん、この洒落ようなのである。

世間には妾宅と気づかれぬよう外観は質素にしながらも、妾の女は喜ばせてやりたいと内部の造りに金をかけているこの感じが、いかにも「妾宅」を思わせる。

はたして使者の若党の案内で家のなかに入ると、その赤堀たちを出迎えて、玄関の式台に一人の武士が真っ直ぐに正座していた。

「ご足労をおかけいたしまして、まことにもって申し訳もござりませぬ。不肖ながら、私、『小納戸』を相務めさせていただいております若槻卯三郎と申しまする」

平伏してきた若槻は、たぶん二十二、三といったところなのであろうが、中奥勤めの小姓や小納戸にありがちな色白で顔の造作の整った、ごくおとなしげな男である。

元小納戸の荻生もそうだが、中奥勤めの者たちは、日々上様のお側近くでお仕えするため、何かにつけて気が利いて頭の回転が速いのはむろんのこと、上様の御目汚しにならないよう、顔立ちや背格好といった見た目も良い、万事に涼しげな印象の者が選ばれることが多かった。

「目付の赤堀小太郎でござる。改めてお訊ねするが、この書状にお書きになられたのは、すべて真実のことでござろうか」

「はい。誓って間違いはござりませぬ」

そう言って平伏から顔を上げてきた若槻卯三郎は、まるで女形の役者のような優しげな美男である。悪びれず、真っ直ぐこちらに目を合わせてくるその顔には、少年のような瑞々しさも色濃く残っていて、とてものこと人を殺めるようには見えなかったが、とにもかくにも調べを始めねば詳細が判らない。

「なれば若槻どの、西村どのがところへご案内いただこう」

「はい……」

と、素直に立ち上がり、若槻卯三郎は家の奥へと歩き出したが、やはり現場に戻るのは怖いのか、若槻の横顔はいっそう青白くなってきたようである。

それでも赤堀ら目付方を案内して奥まった座敷の前まで歩いてくると、若槻はいかにも礼儀作法の身に着いた中奥の役人らしく、スッと襖の前で腰を落として、見事な所作で襖を開けてこう言った。

「『御小姓』の西村条之進さまにてございまする」

「………！」

室内の様子に驚いて、赤堀は、思わず横にいる梶山と目を見合わせた。

それというのも、まるで通夜か葬儀の場のように、西村らしき者の顔にはすでに白布がかけられて、胸の上にも小刀が据えられ、きちんと布団に寝かされているのだ。枕元には文机が置かれて、酒も供えられており、線香が高々と煙を燻らせている。

唯一、逆さ屏風がないことが手落ちといえば手落ちではあったが、まずは立派に通夜の支度が整っているような有様であった。

「若槻どの、これは貴殿がなされたか？」

「はい。他人さまのお宅ゆえ勝手が判らず、屏風が据えられずにおりますが、文机はこちらにあったものをお借りいたし、酒と線香は家臣に命じて急ぎ買い求めてまいりました」

「さようでござるか……」

赤堀は一応そう返したが、正直なところ、訳の判らないことだらけである。まるで葬儀の手順の話でもしているかのような若槻の態度を、どう判断すればよいものか、これからじっくり探らねばならないようだった。

とにかくまずは、白布と布団に隠されて見えない西村の様子を確かめてからの話である。赤堀は文机の前へと進み出ると、線香を供えて手を合わせた。

梶山ら数人の配下たちも赤堀に倣って丁重に焼香をし終えると、西村の全身を見ることができるよう白布と布団を捲り上げた。

「いや、これは……。まことに、一刀にてございますね」

赤堀を振り返って小さく言ってきたのは、梶山要次郎である。

「うむ……。相当な遣い手だ」

赤堀ら二人が思わず目を瞠ったのも当然で、西村の背中に残されている袈裟懸けの刀傷は、とんでもない代物だった。

殺された西村には気の毒な話なのだが、とにかく太刀筋が鋭くて、まるで剣術の師匠が弟子たちに型を教える際のように、寸分の無駄も狂いもなく、美しいのである。

目付方のなかでは一、二を争う剣の遣い手である赤堀は、この袈裟懸けのあまりの太刀筋の確かさに、正直ゾッとするものを感じていた。あたかも「据えものを斬る」かのような、確かさなのだ。

西村の背中にこの刀傷をつけた人物が、今、眼前にいる色白の優男であるとは信じ難くて、赤堀は若槻に真っ正面に目を合わせると、改めて訊ねた。

「まこと、貴殿が斬られたのでござるな？」

「はい」

「…………」

　虫も殺さぬような優しげな顔をした若槻だが、今「はい」と返事をしてきた眼光には、なかなかに鋭いものがある。

「なれば重ねてお訊ねするが、貴殿、何ゆえ西村どのを斬られたのだ？」

「申し訳ございませんが、それについてはお答えができませぬ」

「…………！」

　驚いて、瞬間、赤堀は絶句していた。

　この男、本当に「喰えない性質(たち)」のようである。

　さっき若槻が供養の準備のあれこれを話していた際にも、「妙なやつだ」と違和感は感じていたのだが、それでも自分が斬った相手を「できるかぎり一刻も早く供養したい」と焦る気持ちは判るから、殺害現場を勝手にいじって元の様子が判らなくしてしまったことについても、あえて責めずにいたのだ。

　だがこの女形のような風貌の小納戸は、見かけに反して、存外、肝(きも)が据わっているらしい。

これは一筋縄ではいかぬぞと、赤堀は改めて腹を据えた。

「若槻どの、『ここはご自邸ではない』とのことでござったが、ではやはり西村どののご所有なのでござろうか？」

「相すみません。私、詳しくは存じませんで、はたしてここが西村さまご所有のものなのかどうか……」

「え……？　では貴殿、そうして誰の家とも判らない得体の知れぬ場所で、かような凶行に及んだと申されるか？」

「はい。まこと不徳の致すところではございますが、そうしたことになりましょうかと……」

「…………」

聞きようによっては人を小馬鹿にしているとも取れる若槻の物言いに、赤堀もさすがに少し腹が立ってきた。

「なればお訊ねいたすが、貴殿はその『知りもしないこの家』に、何ゆえに入られたのだ？」

「西村さまのお呼びで参りました」

「西村どのの？」

「はい。実は私、本日は鎌倉遠馬に出馬が決まっていたのでございますが、昨晩遅く西村さまよりご伝言をいただきまして、急遽こちらに……」

「…………！」

内心とてつもなく驚いて、赤堀は返す言葉を選びかねていた。

中奥の役人である西村が、鎌倉遠馬の出馬を辞退させてまでここに若槻を呼び出しており、それにこの若槻も素直に従ったというのが事実なら、双方に何かよんどころないような大事な理由があるはずだった。

「して、西村どのよりのご伝言とはいかなるものでござる？」

「相すみません。先ほど申し上げました通りで、それにつきましては、どうかご勘弁のほどを……」

「ご勘弁？　ご勘弁と申されたか？」

日頃は万事、大らかな性質の赤堀だが、さすがにカッと腹が立って、赤堀は一膝、身を乗り出した。

「それで済む訳がなかろう？　縦しそなたの言の通り、まこと西村どのを斬られたのであれば、これは『人殺し』だ。人ひとり殺めておいて理由は訊かずにいて欲しいなどと、さようなことが許される道理はなかろう」

「もとよりお許しをいただけるなどとは、思うてはおりませぬ。幕府の法に相照らしていただきまして、切腹なり、斬首なり、御家断絶なりと、しかるべく御沙汰を賜りましたら、不肖、すぐにも……」

と、若槻が長々言いかけた時である。その若槻の話を一刀に斬って捨てるようにして、赤堀がいつになく怒号を発した。

「さように狭きことを申しておるのではないッ！　人が人としてこの世に暮らすに、必して守らねばならぬ道理のことを説うておるのだ。縦しそなたが本当に殺めたならば、世に対し、いかにそなたが恥かくことになろうが、構わずすべて白日の下に晒すべきが『人の道理』というものであろうが！」

「…………」

くっと若槻が、初めて目を伏せて黙り込んだ。

そうして次の瞬間、やおら畳に両手をついて頭を下げると、その平伏の形のままで、低く小さくこう言い出した。

「……まことにもって、赤堀さまの仰せの通りにござりまする。平常心を失うていたとはいえ、私、やはり、思い上がっておりました。今これまでのご無礼の段、どうか平にお許しのほどを……」

「うむ。判っていただければ、それで良い」

赤堀は、いつものように穏やかにそう言うと、さらに一膝、平伏している若槻に近づいて、先を続けた。

「どうだな、若槻どの。すべて話してもらえるか？」

「申し訳ございませぬ！」

平伏したままザッと後ろに身を退くと、若槻はさらに平伏の度合いを激しくして、畳に鼻や額を擦りつけてきた。

「たとえ地獄の猛火に焼かれましても、どうしても口にはできぬのでございまする。まことにもって申し訳もございませぬ。どうかこのまま私を、捕らえてやってくださりませ！」

「…………」

見ればもう若槻は、道で轢かれた蛙のように、べったりと畳にへばりついている。

その若槻卯三郎の背中を、赤堀はなす術もなく見つめるのだった。

三

「どうやら若槻卯三郎は、自他ともに認める文武両道の士でございまして……」

赤堀を相手に話しているのは、徒目付の梶山要次郎である。

あの後、若槻は当人の希望通りに捕らえられ、今は若槻家の遠縁にあたる旗本武家に「預け」の身となって、もう二日が経っている。

赤堀ら目付方としては、今は「若槻卯三郎」と「西村粂之進」について、これまでの素行やら、家族や周囲との関係やらを詳細に調べているところで、今日も目付方の下部屋に集まって、報告が行われていた。

「して、どうだ、要次郎。若槻は『斬れそう』か？」

赤堀が「斬れそうか？」と訊いたのは、「あの見事な袈裟懸けが、若槻の腕でも残せそうか？」という意味である。

すると、答えて梶山は、正直に「判らない」という顔になった。

「若槻は『小野派一刀流』の名手ではあるそうなのですが、若槻を知る者に『武芸はどうか？』と訊ねますと、十中八九、答えとして返ってまいりますのは、馬術のほうにてございまして……」

　今年の鎌倉遠馬でも、若槻は一等候補の最有力者として名を挙げられており、その若槻が当日になって出場を取りやめた上に、「人を殺めた」と自ら名乗り出て、目付方に捕らえられたというので、若槻の知己の間では大騒ぎになっているという。

「なれば、あの袈裟懸けが成せるか否かは、はっきりせぬということだな」

　赤堀がいささかがっかりしていると、だが梶山は、この先の報告にはかなり自信があるらしく、明るい声で言い出した。

「ですが赤堀さま、あの町家の所有について、ちと面白いことが判りました」

「おう。誰が持ち主か、判ったか？」

「はい、それが、何と三人の男が共有で、一人の女を妾に囲っておりましたので」

「ほう……。昨今流行りの『安囲い』というやつか」

「はい」

　安囲いというのは、「月に幾ら」と一月分の給金を決めて妾を囲う『月囲い』のなかでも、最下等とされている妾の囲い方のことである。

　町場には、いわゆる「囲われ者」の女は、ざらにいる。

　たいていは、月に三両から五両くらいを給金として「旦那」から受け取って、住む場所も持ち家か貸家の一軒家を用意してもらい、そこでおとなしく旦那の来訪をひたすら待って「日陰者」として暮らしているのだが、その三両を捻出できない男たちが編み出したのが、『安囲い』という代物であった。

月に三分（一両の四分の三）から一両くらいまでを「自分の払い分」として女に渡し、その代わり、女を自分ひとりの専有にするのはあきらめて、三人とか四人とかの男たちが皆で「かちあわない」よう相談の上で、共有の妾として囲うのだ。

「あの町家で囲われておりますのは、『お結』と申す二十歳の町娘なのでございますが、どうも上野の水茶屋に茶運びとして出ておりましたのを、札差の店主が買い取って妾にし、それにくだんの『西村条之進』と、もう一人『日羽恭太郎』と申す幕臣とが安囲いの話に乗っかって、都合、男三人でお結を囲っておりますそうで」

「ふむ……。して、『日羽何某』と申すのは、どこの誰と判ったのか？」

「『書院番組頭』を務める旗本だそうにござりまする」

幕府番方のなかの一つである『書院番』は、主には本丸の御殿内や玄関前の御門を警固している武官の役方である。

「書院番の組頭か……」

そう言って、赤堀は眉を寄せた。

「したが西村は『小姓』であろう？　小姓が何ゆえ書院番方の男と組んで、女を囲っておるのかが判らぬな」

それというのも、日々、上様のお側近くでお仕えする小姓や小納戸は、上様に関する情報漏洩を疑われないよう、自分たちで自ら厳しく交際の範囲を規定していて、親兄弟や叔父甥と、妻の実家以外には往来しないようにしているはずなのである。

「それがどうやら妾には、『小姓組』などと嘘をついておりましたようで」

俗に「小姓番」などとも呼ばれる小姓組は、書院番と同様、幕府の番方の一つで、本丸御殿内の警固をする武官の役方である。「いざ戦」という際には、上様のお側近くに布陣してお護りするため、役方名のなかに「小姓」という文字がついている。

だが「小姓組」はあくまでも番方の武官であり、中奥で上様の御身の周りのお世話をする「小姓」とは、まったく別の役方なのだ。

小姓組は別に上様のお側近くにお仕えする訳ではないから、むろん日頃の交際には、何らの規制もない。それゆえ「小姓」と「小姓組」という紛らわしい役方名を上手く利用して、嘘をついたものと思われた。

「当時まだ十七だったお結を水茶屋から退かせて妾宅を持たせた頃は、『間島屋』と申す札差だけが、いわゆる『旦那』でありましたそうで、随分と経ちまして、もう十九になりましてから『日羽』という旗本が入り、さらにまた半年ほどして『西村』までが加わったそうにてございまして……」

つまりは札差の間島屋が、自分の店の上客である日羽と西村に、半ば顧客への特別な接待の意味合いもあって、皆で一緒にお結を妾とすることを提案したようだった。

「それが証拠に、お結は日羽や西村からは『月に三分』ほどしかもらってはおりませんようで、あとは四両、間島屋から月々の給金をもらい、女中と二人、暮らしておるそうにてございました」

「少々飽(あ)きかけた自分の妾を、客への接待に使うとは、いかにもケチな商人のやりそうなことだな……」

赤堀が顔をしかめてそう言うと、梶山も大きくうなずいた。

「接待に使うにしても、月に三分はちゃんと出させて、あくまでも『安囲い』の形にしておくあたりが、まことにもって小賢(こざか)しいところで……。日羽にせよ、西村にせよ、女には良いところを見せとうございましょうし、事実、武家の二人のほうからは、あれこれと買うてもらっていたそうにてございます」

「なるほど……。間島屋にいたせば、そうした金を使わずに済むゆえ、しっかりと得もあるということか」

「さようで」

梶山はこの一連の話を、他ならぬ「お結」の口から直接に聞いたという。

それというのも梶山はあの町家の持ち主を探るため、若槻が捕まって西村の遺体が運び出されたその後も、「誰かがあの家に来ないものか」と外から見張りを続けていて、その甲斐あって、今朝、お結が女中の小女を供に連れてあの町家に帰ってきたところに、声をかけることができたのである。

「何でも三月に一度ほど長期の休みがもらえますそうで、上野の実家へ五日ほど里帰りをしていたと申すのですが、あの家の玄関前で『西村が斬られて死んだ』と報せましたら、女中と二人、驚くやら怖がるやら大変な騒ぎでございまして……」

女中というのは十三、四と見える小女なのだが、お結も、その小女も、「家のなかに入るのは嫌だ」と怖がって、どうしても入らない。

それゆえ仕方なく梶山は、他人に話を聞かれぬよう料理茶屋の一室を借りて、二人からじっくり話を聞いてきたのだという。

「なら、やはり『西村が死んだ』と知っても、別段ひどく悲しむという訳でもなかったのだな？」

「はい。随分と驚いてはおりましたが、とにかくもう『怖い、怖い』と、そればかりでございましたので」

「まあ、『旦那』といっても三人での安囲いゆえ、必定、情も薄れよう。下手に悲しむふりなどせずに、正直に怖がるあたりが、かえって良いようなものやもしれぬな」

「まことに……」

十七で妾にされて、正規に嫁には行けぬ身になっただけでも不幸であろうに、その旦那から「俺のほかにも旦那を取れ」と、勝手に増やされてしまったのである。女郎屋の主人が店の遊女に無理やり客を取らせるのと、同様のことだった。

「して、お結は『若槻卯三郎』については、何ぞか言うてはおらなかったか？」

「それが『若槻』と名を出しても、きょとんといたしておりまして……」

梶山はお結ら二人に「若槻卯三郎という二十二、三の幕臣を知っておるか？」と、まずはそうした言い方で軽く訊ねてみたそうなのだが、女たちはきょとんとしていて、「ねえ、どう？　聞いたことないわよねえ……」と、二人で顔を見合わせていたらしい。

そこで初めて「その若槻という男が『西村どのを袈裟懸けに斬った』と、そう言うておるのだが……」と教えると、とたんにまたも「怖い、怖い」と始まって、そればかりになってしまったという。

「なれば、知らぬということか」

「はい。おそらくは……」

「………」

難しい表情をして、しばし赤堀は黙り込んでいたが、つと再び梶山のほうへと目を上げると、突然に言い出した。

「今日はこれより西根さまと『宿直』の番に入るのだが、明日の朝『当番』で出てくる目付二人が、荻生どのと牧原どのでな」

「あ、では荻生さまに、中奥の若槻や西村について、お訊ねに？」

何か判るかもしれないと期待の眼差しを向けてきた梶山に、赤堀はうなずいて見せた。

「若槻が『西村に呼ばれて』あの町家に来たか否かは別としても、お結ら二人が『若槻を知らぬ』と言うなら、やはり若槻は、直にあの家に関わっている訳ではないのであろう。だとすれば『西村が若槻を呼んだ』か、はたまた逆に『若槻が西村を追って、あの家に来た』ものか……」

「はい……。いずれにしても、中奥の二人の間に何ぞかあったからこそ、若槻があの町家に来ていたのでございましょうな」

「ああ」

若槻と西村の関係がいかなるものであったのか、本来ならば中奥の役人たちに訊き込みをかけたいところだが、「中奥」は万事に口が堅いから、こちらが真正面から訊ねていっても、おそらくは、まともに答えてくれる者などおらぬであろう。

やはり中奥の者らに詳しい荻生朔之助に訊くよりほかに、手立てはないようであったが、実は荻生とあまり相性のよくない赤堀は、つい小さくため息をついていた。

「………」

「あの……、赤堀さま、何か？」

気づいて梶山が気を遣い、顔を覗き込んでくる。

「いや……」

その梶山に笑って見せると、赤堀は「荻生どのに、まずはどう切り出せばよいものか……」と、早くも悩み始めるのだった。

四

懸案の翌朝となった。

赤堀は先輩目付である西根五十五郎とともに、前夜から泊まりの『宿直番』が無事に終了したところで、一方、荻生朔之助のほうは、目付十人のなかでは一番の新参である牧原佐久三郎とともに、本日これからが『当番』となる。

つまり目付は二名ずつ、昼夜にわずかな空きもないよう、有事の際の指導・監督を請け負う役方として江戸城に詰め続けている訳で、今も西根と赤堀が、前夜の城内には何事もなかったことを、今日当番の荻生ら二人に報告したところである。

そうして引き継ぎが終わって、各自バラバラに動き始めたのを契機に、赤堀は荻生の背中に声をかけた。

「荻生どの。ちとご相談いたしたき一件があるのでござるが、よろしいか？」

「小納戸の若槻と、先般亡くなられた小姓の西村どのの一件でござるな」

西村が殺された事件については、すでに城内では格好の噂となっているから、荻生はもちろん他の目付たちの耳にも、あらかたの経緯は入っている。

そんな状態であるから、荻生自身「いつか赤堀からあれこれ訊かれるかもしれない」と、予想はしていたようだった。

「さよう。まさしく、その若槻卯三郎が一件なのでござるが……」

「卯三郎なれば、人を殺めるような男ではござらぬ。縦し何ぞ深い理由があろうとも、その相手を亡き者にして解決を図ろうなどと考える奴ではない」

荻生の回答は、是非を言わせぬような断定的なものだった。

目付方に来る前、荻生は同じ小納戸の先輩として、当時まだ新参だった若槻の指導も請け負っていたそうである。

十九歳の春に「小納戸の見習い」として中奥へ入ってきた若槻卯三郎は、荻生があれこれ教え込むにあたっても、何ぞ判らないことなどがあれば「ここが判らないから、もう一度教えて欲しい」と頼んできたし、判っていてもまだ上手くできないことがあれば、「どうにも上手くできないので、コツがあれば教えてください」などと、はっきりと口にも出して訊いてくる後輩であったという。

「万事さような具合であったゆえ、困りごとの類いがあっても、すぐに真っ当な形で対処して、一刻も早く解決してしまおうと考えるのがあの男だ。うじうじと悩み抜き、果ては『他人を恨んで殺す』などという馬鹿馬鹿しいことはせぬ」

「やはり、そうした御仁でござったか……」

「………？」

赤堀があまりに素直に言ってきたので、荻生は驚いたようだった。

「いや、正直なところを申せば、『若槻どのが斬った訳ではあるまい』と、梶山要次郎とも話しておったのでござるよ」

「…………」

　自分が若槻を庇えば、当然のごとく反抗されて口論になろうと思っていた荻生は、肩透かしを喰って、言葉が出なくなっている。

　すると横から「くっくっ……」と嫌味な笑い声がして、西根がとうとう我慢できずに、二人を茶化して言ってきた。

「これはまた珍しくも、見解の一致をみられたようでござるな」

「…………！」

　キッととたんに短気な荻生が西根をにらんで振り返り、その喧嘩の火種を消しにかかって、あわてて牧原が横手から口を挟んできた。

「して、赤堀さま、何ゆえに『若槻は違う』とお踏みになられましたので？」

「ああ……。いや実は、最初あまりに若槻どのが、煮ても焼いても喰えぬような慇懃無礼な物言いでござったゆえ、ちと説教をばいたしたのでござるが、すると一気に、何やら素直になられてな……」

　若槻がやおら畳に手をついて、「平常心を失うていたとはいえ、私、やはり、思い上がっておりました」と頭を下げてきたのを見て、赤堀は若槻が殺めたのではないことを、半ば確信したという。

「『思い上がっておりました』とそう言った若槻どのの言いようの裏に、誰かを庇っている風が透けて見えた気がいたしたのでござるよ」

「誰かを庇って、でございますか？」

本気の顔で乗り出してきた牧原に、

「さよう……」

と、赤堀はうなずいて見せた。

「『これは自分がやりました』と、すべて庇って自白してしまえば難なく済むに違いないと、そう思い上がっていたのではないかと……」

「ほう……」

と、またもニヤリとしながら言ってきたのは、四人のなかでは一等先輩格の西根五十五郎である。

「いや、なかなかに鋭うござるではないか」

自分では褒めているつもりかもしれないが、この西根の言いようは赤堀に対してあまりにも失礼で、いくら年上の先輩目付だとはいっても、怒って当然のところである。

横で聞いていた牧原がハラハラし始めたのはむろんのこと、赤堀とはあまり仲の良くない荻生までが「それはあまりに……！」という顔で、西根に険しい眼差しを向けている。

　だが言われた当人の赤堀は、怒るどころか、にっこりとしてこう言った。

「そう言っていただけて、正直、ほっといたしました。やはり若槻は『誰かを庇っている』と見て、よさそうということにてございますね？」

「…………」

　と、一瞬、かえって答えに窮するはめになったのは、西根のほうである。

「即断は剣呑だが、今のところは、その線にて調査を進めてもよろしかろうと思うがな」

　あまりに素直に赤堀に訊かれたせいか、つい西根もいつもの嫌味を言い忘れて、本音で目付の先輩として意見を返してしまっている。

「はい。有難うございます」

　こうして西根や荻生から図らずも背中を押してもらう形となって、赤堀はいよいよもって自分の読みに自信を持つのだった。

五

若槻が一体、誰を庇おうとしているものか、だがこれは想像以上に難しい捜査となった。

実はあの後も荻生から、若槻と西村の関係について、荻生が知っているありったけを聞くことができたのだが、若槻は『小納戸』で、西村は『小姓』なため、顔見知りではあるという程度で、基本、仕事で深い関わりはないらしい。

おまけに中奥勤めの役人は、私的な交際の範囲を規制されていて、親兄弟と叔父甥、妻の実家のみしか行き来ができず、中奥の役人どうしですら交際を許されていないため、普通であれば私的にも交際できず、役方も異なる若槻と西村との間に、「殺したり」「殺されたり」するほどの深い関係性があるとは思えないというのだ。

そのうえで、西村の性格について荻生に教えてもらったところ、一言でいえば、「気持ちの良い御仁ではない」ということであった。

「何がどう『悪い』とおっしゃっておられましたので?」

赤堀を相手にそう訊いてきたのは、徒目付の梶山要次郎である。

赤堀は、ついさっき梶山を目付方の下部屋に呼び出したところで、荻生から聞いた若槻や西村のあれこれを話し始めたばかりであった。

「いやな、それがはっきり『悪い』という訳ではないらしい」

「………？」

首を傾げている梶山に、赤堀は言葉を選びつつ説明をし始めた。

「たとえば皆で話しておれば、必ずや古参の意見に賛同する。もし古参がいなければ、多数のほうや勢いのあるほうへと味方をする。さりとて、それを上様の御前でやるという訳ではなく、ご寵愛や出世とは遠いところでやるだけだから、好かれはせぬが、憎まれるというほどでもないようなのだ」

「なるほど……。ちと判ってまいりました」

大きく何度かうなずくと、梶山は、今度は自分が調べてきた内容のほうの報告をし始めた。

「それというのも、西村の出自のことなのですが……」

出自や家禄、妻や嫡子をはじめとした家族についてのことである。

幕臣の場合、そうしたものだけは正式に幕府に届が出されているから、幕臣の監察を任されている目付方なら、調べることができるのだ。

「西村は、もとは家禄二千五百石の旗本家の次男でございまして、叔父に小姓をしていた者がおり、その叔父の仲立ちで、十八の頃に小姓の見習いに入ったそうにてございます。今年で二十七になっておりましたゆえ、都合、九年ほど中奥にいた勘定になりますが……」

実家のほうの西村家は、いまだ父親が当主となっているのだが、家禄こそ二千五百石あるものの、先代の頃からずっと無役であったため、次男・条之進がお役に就けて、それも上様のお側近くでお仕えができているのを喜んで、父親は何かと周囲に自慢していたらしい。

小姓の役高は五百石であるから、西村条之進も幕府から五百石の家禄をいただいて、新規に西村家の分家を立てた形になっているのだが、実家の父はそんな次男を可愛がって、「五百石では、生活に余裕が持てなかろう」と金品で援助を続けていたという。

「ほう……。なれば、月に三分で安囲いをしている妾にあれこれ買うてやる金くらい、捻出できるということだな」

「はい」

赤堀の言葉に、梶山は大きくうなずいた。

「今、『西村に出世の欲がなかった』とうかがいまして、出自のほうと繋がった次第でございまするる。家族につきましては、小姓をしていたというくだんの叔父からの紹介で、三年前、四百石の旗本家より嫁取りをいたしておりますが、いまだ子は生まれてはおりませんようで」

西村が本当は誰に殺されたのかが判らないため、今はまだ西村の妻女には直に会わないほうがいいのではないかと考えて、梶山はその妻女の実家のほうを訪ねて、話を聞いてきたそうだった。

「子がおらぬか……。では必定、西村の家は潰れて、ご妻女は行き場を失われることと相成ろうが……」

妻女の身の上を思って、赤堀は目を伏せた。

嫁に来て、まだ三年しか経たぬというのに、夫に死なれ、家は潰れて放逐されて、おまけにその夫には「安囲いの妾」がいたのだ。

「して、ご妻女は、『妾』に気づいていたようか？」

「はい。すでにもう昨年にはたびたび里帰りをなさって、ご実家の皆さまにも相談されていたそうにてございました。こたびも幕府からのお許しがいただけ次第、西村の屋敷を出て、ご実家に戻られるそうで……」

聞けば妻女は、まだ十九であるという。

「えっ？　では妾のほうが歳上か？」

「はい。聞いて、私も驚きまして」

「いやなれば、一刻も早く西村の家からは縁を切り、他家への再縁を考えたほうがよい。それにはこの一件をすべて済ませねばならぬゆえ、必定、我らも捜査に精を出さねばならぬな」

「はい、まことに……」

いまだ事件は「五里霧中」といってもいいような状態で、わずかに見えてきたのは、おそらく若槻が斬ったのではないだろうということと、その若槻が誰かを庇っているらしいという、ただ二点なのである。

「よし。なれば、これよりもう一人の、『日羽何某』とか申す旦那のところへと繰り出すとするか」

お結を安囲いしていた幕臣のもう一人、日羽恭太郎という名の『書院番組頭』の屋敷を訪ねて、話を聞くつもりなのである。日羽家には、すでに赤堀の名前で正式に、面談が申し込まれており、日羽の仕事の都合で、今日夕刻に訪問することになっていた。

「日羽どのの屋敷は、大久保（おおくぼ）のあたりということであったな？」

「はい。大久保町の町場からも、さして遠くはないそうにござりまする」

大久保や牛込（うしごめ）、市ヶ谷（いちがや）のあたりは、ところどころに町場の町人地を挟みながらも、幕臣の拝領屋敷や大名家の下屋敷が建ち並ぶ武家地が、広く続いている。

その大久保にあるという日羽恭太郎の屋敷を目指して、赤堀たちは城を出立するのだった。

六

「日羽恭太郎にてござる。書院御番（おばん）五組にて、二年前より、組頭を相勤めさせていただいており申す」

通された日羽の屋敷の客間で初めて顔を合わせた「日羽恭太郎」は、筋骨隆々として肌の色の浅黒い、いかにも番方の武士らしい体軀（たいく）の持ち主であった。

梶山があらかじめ調べてきたところによれば、日羽は今年で三十四歳、九年前に嫁にもらった妻女との間に、一男一女があるという。

もとより日羽家は家禄千二百石の譜代旗本家であり、隠居している恭太郎の父親は、役高・千五百石の『先手弓頭』にまで出世した人物であるから、日羽家を継いだ恭太郎にも期待をかけているに違いなく、役高・千石である『書院番組頭』では、親も恭太郎自身も満足してはいないのであろう。

梶山が配下たちと手分けして、日羽をよく知る者たちから聞き込んできたかぎりでは、恭太郎が更なる出世を目指しているらしいことが、うかがえたのである。

そんな日羽恭太郎であるから、今の自分の役高と一緒の役高・千石の目付に対してなど、「気を遣う必要はない。同等に接すればよい」と考えている風だった。

「ではさっそく、御用の向きをおうかがいいたそう。やはり、あの長坂町の妾宅で、西村どのが亡うなられた一件をお調べか？」

まるで先制攻撃をするように、そう言ってきた日羽恭太郎に、

「さよう……」

と、赤堀のほうも、同等の口調で話し始めた。

「あらかたのご事情については、すでに『お結どの』よりうかごうてござる。間島屋の妾であったお結どのがもとに、日羽どのと西村どのが、月に三分で通うようになられたとの話であったが、それに相違はござらぬか？」

「……あやつめ、そんなことまで……」

日羽は小さく舌打ちまでしたようであったが、それでも赤堀に真っ直ぐに顔を上げると、開き直って言い出した。

「まあ、さよう、いわゆる『安囲い』というやつでござるが、それが何ぞ、西村どのが亡うなられたことと関わりでも？」

「『関わり』と申されるなら、それは必ずございましょうな。何せ西村どのが斬られておられたのは、あの妾宅でござるゆえ」

「…………」

言い負かされたとでも思ったか、日羽はいかにも不機嫌な顔をして、むっつりと押し黙っている。

その日羽に、赤堀は少しく鎌をかけて、こう訊いた。

「『小姓組』の西村どのとは、ご面識はおありでござるか？」

「小姓組？」

日羽はそのまま繰り返してくると、「ふっ」と、鼻で嗤うような声を出した。

「『小姓』の間違いでござろう。それは、お結から聞かれたか？」

「…………」

赤堀が、わざとしばらく驚いたふりで黙っていると、日羽は一気に上機嫌になったようだった。

「中奥の小姓が、あらぬ場所をふらついているなどと御上に知れたら、罷免になりかねぬゆえな。西村どのも、上手うたばかったものよ」

そう言って、日羽は一人で嗤っている。

その日羽に、赤堀は何ほどもないような風に言ってみた。

「ではやはり、西村どのとは知己でいらしたのでござるな」

「……『知己』というほどのものではない。間島屋を介して、幾度か顔を合わせただけだ」

「さようでござるか」

「…………」

日羽はまた眉間にくっきりと皺を寄せて、押し黙っている。

それきりほとんど口を開かなくなってしまった日羽恭太郎に見切りをつけて、赤堀たちは日羽家を辞して外に出た。

暮れ六ツは、もうとうに過ぎたのであろう。外はすっかり日が落ちて、すぐそばにいる梶山の顔も見えづらくなっている。

自分の馬の口を取ってくれている梶山の背中に、赤堀は話しかけた。

「要次郎。そなた、どう見た？」

「はい……」

梶山はちらりと振り返ると、通行人に聞かれぬよう、声をひそめてこう言った。

「西村との間柄を、なぜああして隠そうといたしますのか、そのあたりが……」

「そう、そこよ」

赤堀も馬上で少し身を寄せるようにすると、小声で先を続けた。

「一人しかおらぬ妾を争うておるのだから、西村を何かと悪う言いたくなるのは判るのだが、なぜ『さほど面識はない』と、ことさらに言い張るのかが、よう判らぬ」

「はい……」

と、うなずいてきた梶山要次郎が、つと声をさらに絞って言ってきた。

「『あの一刀(ひとたち)』が振るえるか否かを、やはり調べたほうがよろしゅうございましょうか？」

「うむ……」

梶山の言う「あの一刀」とは、西村の背に残されていた、あの見事な袈裟懸けのことである。

だが幕府の諸役のなかでも武官にあたる『番方』に勤める者たちは、皆、武術の腕を買われて番方の役に就く訳だから、ある程度には剣が使えて当然で、そこをことさら「あの袈裟懸けができるか否か」を見定めるというのは、困難なことではある。

そこを承知で梶山が、「『あの一刀』が振るえるか否か、調べたほうがようございますか？」と訊いてきたのが判るから、赤堀のほうも安易に「頼む」と、答えることはできなかった。

「したが、この『見定め』は面倒な捜査になるぞ。そなた、自分の身体のほうは大丈夫か？」

どこからどう調べて見定めればよいものか、その手段や手がかりを得るためにも、とにかく日羽に張り付いて、日々の言動を余さず見なければならなくなるだろうから、赤堀はそこを案じているのである。

それというのも、梶山ら今回の案件の捜査に就いてくれている五名ほどの配下たちが、これまでも「幕臣殺害」という事件の重さを真摯に受けて、昼夜、捜査に無理を続けてくれていたのを見て取っていたのだ。

だがそうして上司である「御目付さま」が、自分たち配下の身体の心配までしてくれるということが、徒目付である梶山にとっては、何より嬉しく有難かった。

今の目付部屋のなかには、横暴に配下を扱うようなひどい人物は一人もいないが、ことにこの「赤堀さま」は、万事、他人に対して優しくて、時折ふっと心に染み入ってくるような言動をなさることがあるのだ。

「お有難う存じまする……」

馬を引きながら心底嬉しく頭を下げると、梶山は振り返って、元気な表情を赤堀に見せた。

「ですが、どうかお任せくださいまし。皆にも手伝うてもらいまして、必ずや『あの一刀を下した人物』を突き止めてお見せいたしまする」

「そうか……。よろしゅう頼む」

「ははっ」

空は釣瓶落としに暗くなり、道を行き交う者たちの姿も霞んで、よくは見えなくなっている。

その暗がりのなかを、赤堀たちは一路、城へと戻っていくのだった。

七

日羽が「あの袈裟懸け」を下せるかどうかの見極めは、予想の通り、困難なものとなった。

　梶山は自分も含めて五名しかいない配下たちと段取りを組み直し、交替制で日羽に張り付く三名と、これまでも少しずつ進めていた若槻卯三郎の背景を調べる二名とに手を分けて、それぞれに動いていた。

　そもこうして誰ぞ「調査の対象者」に張り付く際には、必ず二名以上で張り込みや尾行をしなければ、上手くはいかない。

　どう動くか先の見えない相手に合わせて、一瞬も見失わずについていき、なおかつ相手に尾行しているのがバレないよう注意して、万が一、何かすぐにも「赤堀さま」に報せねばならない事態が起こった際には、最低一名はその場に残して、誰かが直ちに城に報告へと向かわねばならないのだ。

　日羽恭太郎は書院番の組頭をしているため、当番で仕事に向かう日と、非番で城には出勤しない日の行動は、大きく異なっていた。

　当番の日は、基本、書院番の者らが警備のために詰めている城内の数か所のどこかにいて、番の交代の時刻になるまでは、日羽も動かず詰めているため、見張るのも楽である。

　だが一方、非番となると、日羽はかなり精力的にあちらへこちらへと外出し、自宅屋敷でゆっくり身体を休めるという風は、ほとんど見られなかった。

日中、まずはよく通うのは「道場」と「馬場」である。

以前、日羽を知る者から聞き込んだ話の通り、日羽恭太郎は将来の出世を目指しているらしく、道場で剣術や槍術に励んだり、馬場で馬術に励んだりと、とにかく武芸の鍛錬に力を注いでいるのだ。

梶山たちにしてみれば、日羽が道場で木刀を振るっている姿など見られれば、もしかして袈裟懸けの型を出すやもしれず、都合がいいばかりなのだが、練達者の日羽が通うような道場は、外部の者に安易に自分の剣の技など見せたりはしないから、外からは稽古を覗けぬ造りになっている。

その代わり、日羽が馬術の鍛錬場として使っている『高田馬場』では、騎馬で駆け抜けながら的を射抜く『騎射』の訓練や、馬と戯れてでもいるような難しい曲乗りの様子なども、自由に見ることができるようになっていた。

人馬一体のこうした武術は、何かと派手で人目を引くため、通行人や近所の子供たちなどが、自然、見物に集まってきたりする。

そうした町場の者たちに混じって、浪人に扮した梶山たちも「ほう……」などと、好きなだけ見物することができたのだが、その「日羽恭太郎」の馬術の巧さを見ただけでも、剣術や槍術なども見事なのであろうと見て取れた。

ところが、日羽という男はその一方で、女遊びのほうにも精力的であったのである。

道場や馬場で存分に鍛錬したその後は、決まってどこかに女を買いに行くらしく、上野山下(やました)の岡場所に出向いたり、内藤新宿(ないとうしんじゅく)の旅籠(はたご)に行って、そこで泊まりもせぬのに夕飯を喰い、給仕についた飯盛(めしも)り女を買ったりもする。

果ては、はるばる銀座(ぎんざ)の先の木挽町(こびきちょう)まで足を伸ばし、妙齢の少年たちが男色の相手をしてくれる『蔭間茶屋(かげまぢゃや)』の類いにまで、出入りをしているようだった。

「いやまさか、遊女だけではなく蔭間にまで、馴染みの相方(あいかた)がおりますとは……」

梶山を相手に小声でそう言ったのは、配下の小人(こびと)目付の一人である。

「うむ……。どこに行っても酒はたいして飲まぬようだが、こうした『遊び』の類いには凄まじいものがあるな」

「まことに……」

梶山たちは、今日は二名で日羽の尾行についており、とうとう木挽町まで連れてこられたという訳なのだが、夕刻に蔭間茶屋に入っていった日羽は、もうすっかり暗くなった今になって、ようやく店から出てきたのである。

その日羽の「馴染み」ででもあろうかと見える十四、五の少年が、日羽に促されるようにして蔭間茶屋から一緒に出てきたのだが、どこへ行くのか、前を歩く日羽恭太郎に従って、楚々として歩いていく。

　木挽町の前を流れる堀川沿いに北へと進み、紀伊國橋を渡って川向こうの町場まで来ると、日羽はいかにも高級そうな料理屋を選んで、少年を連れて入った。

「飯を喰わせておりますのでしょうか？」

　訊いてきた小人目付に、梶山はうなずいて見せた。

「そうであろうな。こうした料理屋は、いくら客が相手でも『連れ込み』なんぞ許さぬであろうから、日羽も可愛がっている相方に、美味い飯を喰わせてやりたいだけなのであろうよ」

「今はもう、妾のお結はおりませんし、その分を、こうして他所にかけているのやもしれませんね」

「ああ」

　その読みはどうやら当たり、日羽と少年は半刻（約一時間）ほどで料理屋を出てきたが、なぜかまだ少年を蔭間茶屋には返さぬようで、二人は北へ北へと、どんどん町場のなかを通り抜けて、堀川へ突き当たる形に建てられている小さな稲荷神社の境内へと入っていった。

いかにも鎮守の神様という風な、周囲をぐるりと木立に囲まれている静かな御社（おやしろ）である。

その人っ子一人いない境内に、日羽は少年の背を押して促して、奥へ奥へと入っていったのである。

「よもや、ここでまた『逢引き』でもいたそうというのでございましょうか？」

「うむ……」

と、梶山が、不快に顔を歪ませた時である。

少し離れた木立の陰から眺めていた梶山たちの目の前で、音もなく、スラリと日羽が腰から大刀を引き抜いた。

「…………！」

見れば、少年は「お稲荷さま」に手を合わせていて、日羽には背中を向けている。お祈りをしていて動かない少年の背中は、まさしく「据（す）えもの」同然で、その据えものを前に、日羽は袈裟懸けの型を取って抜き刀を高々と構（み）えた。

「やっ、危ないッ！」

思わず口をついて出た梶山の声に、バッと日羽は逃げ出した。大刀を鞘（さや）に納める暇（いとま）もないため、抜き刀を下げたままである。

急いで日羽を追おうとした小人目付を、梶山はあわてて止めた。

「いや、よい。今、追うと、目付方(こちら)が探っていると気づかれよう」

「はい……」

すでに日羽は逃げ去って、境内のなかには梶山ら二人のほかは、くだんの少年だけである。

見れば少年は腰を抜かしているらしく、地べたにへたり込んでいて、さっき梶山の声で振り返った際に、自分に向けて日羽が抜き刀を構えているところを、目にしてしまったに違いなかった。

「大丈夫か？」

梶山ら二人が声をかけながら駆け寄っていくと、少年は斬られそうになった直後なためか、顔に恐怖を張りつかせて、ズルズルと後ろに身を引いていった。

「安堵(あんど)してよい。我らは江戸城(しろ)から来た目付方だ。我らが来たからには、もう日羽に、そなたを斬らせはせぬ」

「ひわ……？」

と、少年が、いかにも意味が判らないという顔で繰り返してきたのを見て、梶山はピンときた。

「あの侍は、そなたの店では何と名乗っておるのだ？」

「……わ、『若林さま』で……」

「若林か……」

日羽はおそらく「遊び」の際に、日羽恭太郎という自分の本当の名は使わずにいるのであろう。

そうして本名を隠して遊んでいるから、今も平気で、自分が日頃から出入りしている蔭間茶屋の少年を、斬って捨てようとしたに違いなかった。

「店に帰ろう。少し、話を聞かせてもらえるか？」

「はい……」

ようやく少し落ち着いてきた様子の少年を、両脇から抱えて立たせてやると、梶山ら二人は少年を連れて、今来た道を戻っていくのだった。

八

翌日の昼下がりのことである。

いつものように目付方の下部屋にこもった赤堀と梶山は、昨日の一連の木挽町での出来事について話をしていた。

「何でも日羽は、『若林定次郎』と名乗りまして、身分は二千石の旗本の次男だと、そう申していたそうにございました」

「なるほどな……」

梶山の報告に、赤堀はうなずいて見せた。

「『大身旗本家の次男』という触れ込みであれば、店の主人は大喜びで、大事な客として扱うであろう。羽目を外して遊んでおっても、煙たがられることもなかろうしな」

「はい。日羽は筋骨隆々として、いかにも武家らしい外観でございますゆえ、店の主人も、それと信じて疑わなかったそうにてございまして」

「うむ……。して、その店の少年が、何ゆえに斬られかけたか、理由に見当はつきそうか？」

つまりはあの少年自身に、自分が斬られる理由として何か思い当たることはあるか否か、ということである。

「はい。見当はすぐについたようにてございまして、以前に日羽から小遣いをもらって頼まれて、西村の屋敷の門番へ『文』を届けたそうにてございました」

「なに？　西村の屋敷へ、か？」

「はい……」

以前、少年は一日まるまる日羽に身柄を買われて、一緒に外で過ごした日があったそうで、その際に、遠く番町の武家地まで駕籠に乗せられて連れてこられ、「あの武家屋敷の門番に、この文を届けてきてくれ」と、頼まれたそうなのだ。

「その武家屋敷というのが、西村条之進の屋敷であったという訳か」

「はい。今朝早く、さっそくあの少年を連れまして、西村の屋敷であることも確かめてまいりました」

実はくだんの蔭間茶屋では、あの少年自身はむろんのこと、主人ら店の者たちも、日羽が再び襲ってくるのではないかとすっかり怖がってしまい、仕方なく梶山は、配下の小人目付を店の用心棒として、残して帰ってきたのである。

その小人目付が、今朝早く少年を連れて「ここであろう」と目星をつけた西村の屋敷まで出向いていき、「そうです。このお屋敷でございました！」と、少年に太鼓判を捺してもらってきたという訳だった。

「して、狙われているその者は、今どうしておる？　無事か？」

そう訊ねてきた赤堀に、「赤堀さま」らしい気遣いを感じて、梶山は微笑んだ。

「今朝からは、日羽恭太郎のほうに見張りをつけておりますゆえ、木挽町は心配ないかと存じまする」

「おう。なれば、間違いはないいな」

「はい」

と、梶山はまたにっこりとして、さらに赤堀を喜ばせるべく、続きの報告をし始めた。

「日羽が届けた文のことにてございますのですが、実は今日こちらに参ります前に、ちと私、西村の屋敷に立ち寄りまして、ご妻女より文を預かってまいりました」

梶山が折り紙式の文を自分の懐(ふところ)から出して手渡すと、

「おう！」

と、案の定、赤堀は手放しで喜んだ。

「して、何であった？　まさか果たし状ではなかろうが……」

そう言いながらも、自分でも文を広げて読み始めている。そうしてすぐに読み終えると、顔をしかめてこう言った。

「お結を餌(えさ)に、西村を騙(だま)して呼び出したということか？」

「はい。おそらく、そうではございませんかと……」

文は、たどたどしい平仮名で書かれた簡単なものだった。

『あす、いちど、ひるの四ツ半にもどります　おまち申します　ゆゐ』

つまりお結が西村に甘えて、「自分は明日の昼四ツ半（午前十一時頃）に、里帰りしている実家から、いったん長坂町の妾宅へと戻ってくるから、ぜひ会いに来てほしい」と、わざわざ文を送ってきた形になっているのだ。

「これに釣られて西村は、まんまと妾宅へ顔を出したという訳だな……」

「はい」

日羽がもともと西村を殺すつもりで妾宅におびき出したのか、それとも何か別の目的で呼び出して、口論でもしているうちに斬り殺したのかは判らないが、いずれにしても西村を袈裟懸けにして亡き者にしたのは、日羽恭太郎に違いない。

その凶行が、赤堀ら目付方にばれてしまう前に、証拠となるものは消しておかねばならないと、あの少年を神社まで連れ出したのだ。

「日羽の後ろに従いまして、料理屋から出てまいりました時、あの少年は、まことにもって嬉しげに、楚々として歩いておりまして……」

日羽と一緒に歩いていた少年の一部始終を見ていた梶山は、先を続けて、気の毒そうにこう言った。

「おそらくは日頃は喰えぬような美味い飯を日羽にたらふく喰わせてもらい、優しい言葉や甘い言葉なんぞもかけられまして、夢心地で稲荷神社に手を合わせておりましたものかと……」

「さようなことはあるまい！」

梶山の話を断ち切って、なぜだか急に、赤堀が不機嫌になった。

「ちょうど喰い盛りの子供ゆえ、美味いものをたらふく喰えたは嬉しいに違いないが、別に日羽なんぞに甘い言葉をかけられたからとて、夢見心地になぞなるものか。客あしらいに、わざと喜んで見せたに違いないぞ」

「赤堀さま……」

突然の赤堀の剣幕に、一瞬、目を丸くした梶山であったが、すぐに赤堀の不機嫌の理由に気がついて、温かい気持ちになった。

赤堀は、少年が可哀相でならないのである。

縦し梶山の言う通り、少年が日羽恭太郎を「良い馴染み客」として本気で慕っていたのだとしたら、いいように飯で油断をさせられて、稲荷神社も「逢引きのために連れてこられたのかもしれない」などと期待までさせられて、その果てに斬り殺されそうになるなどと、可哀相で可哀相でたまらないではないか。

そんな風に少年の身になって腹を立てている「赤堀さま」に、梶山はこう言った。

「まこと、さようにございますな。思うてみれば日羽が悪党と判りましたとたんに、ただもうとにかく怖がりまして、何でも身を惜しまずに目付方(こちら)を手伝(てつど)うてくれました。縦(よ)し日羽を本気で慕うておりましたなら、ああはなりますまい」

「さよう、さよう」

そう言って満足そうにうなずくと、赤堀は改めて梶山に真っ直ぐ向き直った。

「なれば、これよりご筆頭に許可(おゆるし)をいただいて、今日明日のうちにも、日羽恭太郎をひっ捕らえにまいるぞ。日羽が今日明日、当番か非番かを教えてくれ」

「今日は非番にてございますが、明日は当番にてござりまする」

「よし！　では、明日だ」

「…………？」

まだ意味が判らず目を丸くしている梶山に、赤堀は、日羽恭太郎捕縛の計画を話して聞かせるのだった。

九

赤堀が捕縛の場所として選んだのは、江戸城内、本丸であった。

本丸といっても、本丸御殿のなかではない。

堅固な石垣で周囲をぐるりと護られている本丸の敷地のなかには、御殿のほかにも能の舞台を含んだ別棟の離れがあり、その離れの一室が、『書院番方』の長官である『書院番頭（ばんがしら）』の詰所となっているのだ。

昨日あの後、赤堀は「ご筆頭」の十左衛門とも相談し、日羽の所属する書院番五組の書院番頭である「矢板陸奥守（やいたむつのかみ）」の自宅屋敷を訪ねて、こたびの一件について正式に報告し、日羽の捕縛に協力してもらえるよう頼んできたのである。

そして五組が当番の今日、矢板陸奥守は自分の詰所であるくだんの離れの一室に、配下である日羽恭太郎を呼び出してくれて、そこで目付の赤堀が日羽を訊問（じんもん）することとなった。

陸奥守には訊問が終わるまで、他所で待機してもらっている。

訊問を終えて、日羽が罪を認めれば、その時点で陸奥守が組下の番士たちを動かして、城内を護る番方らしく、日羽恭太郎を捕縛する運びとなっていた。

「これは一体、何のお戯れにござる？　拙者、『御頭』の陸奥守さまのお呼び出しを受けて、こちらに参ったのだ。御頭がいらっしゃられぬようなら、退席させていただこう」

そう言って、早くも腰を浮かせかけた日羽恭太郎に、赤堀はピシリと言い放った。

「今日ここで、貴殿に訊問を行うにあたっては、すでに陸奥守さまのご了承もいただいてござる。ご着座なされよ」

「…………」

ムッと日羽は黙り込んだが、つと目を上げて強気を出してきた。

「して、何だ？　何が訊きたい？」

「では、うかがおう。長坂町のご妾宅にて、西村粂之進どのを手にかけられたのは、ご貴殿か？」

「おい！　無礼も大概にいたさぬか！」

バッと立ち上がって逃げに入った日羽恭太郎を、赤堀は再び叱責した。

「ご着座なされよ。これは正規の目付方の調べにござるぞ！」

赤堀のその声に、次の間に控えていた梶山ら数名の配下の者たちが、腰の大刀に手を置いて、半立ちに身を浮かせてきた。

「聞かぬなら斬って捨てるが、そも貴殿を捕縛するのは我ら目付方ではない。今、外に陸奥守さまがご陣頭に立たれて、書院御番五組の組下の方々が陣を組んでおられることであろう」

「…………」

がっくりと目にも明らかに背を丸めて、日羽恭太郎がおとなしく席に戻った。

「なぜ判った。木挽町の『佐之助』が喋ったか？」

佐之助というのは、くだんの少年の名前である。

すでに梶山から話を聞いて、赤堀も少年の名前は知っていたが、この日羽に「佐之助」などと名を呼ばれたくはないだろうにと憎々しく思いながら、赤堀は先を続けた。

「さよう。昨日は佐之助どのにご助力をいただき、番町の西村どののがお屋敷まで『文』もいただきにまいってきたのだ」

そう言って赤堀が懐から文を出して見せると、「ふん」と、日羽は鼻を鳴らしたようだった。

だがそれきりで、あとはもう黙り込んでしまい、ふてくされたように口の端を歪ませている。その日羽に、赤堀は切り出した。

「若槻どのがご実家にも、拙者、今朝がた伺うてまいった」

「…………！」

とたん目を上げてきた日羽恭太郎に、赤堀はうなずいて見せた。

「幼少の頃より、貴殿が若槻どのに武芸全般を仕込んで、師弟のごときになっておったと、若槻どののご長兄がすべてお話しくだされてな……」

若槻卯三郎の実家は、家禄二千石の古参譜代の旗本家である。その大身の若槻家で、卯三郎は名の通り、三男として生まれていた。

武家の男児は、三男なんぞに生まれると、長男・次男がよほど病弱でもないかぎり、後継ぎの要員としては期待されない。

古参譜代の若槻家でも、嫡子の長男が問題なく心身ともに丈夫であったため、次男は十四で親戚の養子となって家を離れていき、当時まだ九つであった三男の卯三郎だけが、家の「厄介」として若槻家に残されていたという。

厄介とは、その卑屈な呼び名の通りで、武家の存続には何の役にも立たないというのに、ただただ家の飯は喰う「穀潰し」のことである。

十を越えたあたりから、卯三郎は自分が若槻家の「厄介」であることに屈託して、家ではあまり物も喋らぬような暗い性格になっていたらしい。

「『さような頃に卯三郎（おとうと）は、恭太郎どのに拾うてもらいました』と、ご長兄は申しておられた」

「ふん。『拾うて』、か……」

「さよう。武芸全般、鮮やかに何でもこなす貴殿に弟子入りし、武家の男の生き方として憧れるようになってより、卯三郎どのは見る間に明るくなったとな……」

卯三郎が日羽恭太郎に出会ったのは、十二の春であったという。

長兄や次兄が通っていた道場に、十二になった卯三郎も通い始めたのだが、そこで師範代（しはんだい）をしていた日羽恭太郎に憧れて「師範代、師範代」と一途（いちず）に慕うようになり、日羽もそんな卯三郎を可愛がって、道場で教えていた剣術ばかりではなく、馬術や槍術、弓術に至るまで、特別に一対一で教えてくれるようになったそうだった。

「そうして貴殿に会うてより、卯三郎どのは文武両道、真っ直ぐに励むようになり、それが中奥勤めに引き立てていただく経緯に繋がった。ゆえに今でもそこだけは貴殿に感謝していると、ご長兄はそう申されて……」

「ほう……。『そこだけは』などと、あのお兄上、そんな風に言うておったか？」

「…………」

日羽の物言いに、ひどく下卑た臭いを感じて、赤堀は話を止めて、顔を歪めた。

だがそんな赤堀の変化は、日羽にかえって「愉快」を与えてしまったらしい。

下種な本性をすっかりさらけ出して、日羽は自慢げに言い出した。

「卯三郎が俺に全般、傾倒しきっていたことを、一応は兄らしく、忌々しく思うていたということか……。いや、まことと、嗤わせてくれるぞ」

「黙らぬかッ！」

赤堀は、大音声で一喝した。

「『忌々しく、人を憎んでいた』というなら、そなたのほうであろう？　妾宅のお結どのが、そなたより西村どのを気に入って、何かと応対にも大きく差をつけてくることに、前々から嫉妬しておったのであろうよ。さりとて、いくら西村どのを消し去っても、その分の情愛が、そなたにまわってくる訳ではないぞ」

「うるさいッ！　黙れッ！」

怒りで、またも立ち上がり、赤堀に詰め寄ろうとした日羽恭太郎を止めて、梶山ら配下の者たちがいっせいに動き出した。

「もうよい。引っ捕らえよ」

「ははっ」

外に待機している陸奥守の隊に報せるため、梶山が飛び出していく。

ほどなく日羽恭太郎は縄を打たれて、自分の組下の番士たちに引っ立てられていくのだった。

十

その晩のことである。

赤堀は梶山を供に、若槻卯三郎を訪ねて、若槻が「預かり」の身となっている親類の屋敷にやってきていた。

若槻卯三郎は、こたびの一件を自ら城に報せてきたくらいであるから、万が一にも逃げ隠れする心配はなく、預けとなった親戚の屋敷でも、別に特別な一室に閉じ込められている訳ではない。

おそらくは親戚も、卯三郎の性質をよく知っていて、「卯三郎が人を殺めることはない」と、信じているものと思われた。

今、赤堀は、通された客間で若槻を前にして、日羽の所業のおおよそのところを、語り終えたところであった。

「ここにおる配下の梶山が、稲荷(いなり)神社での一部始終を見ておったのだが、『佐之助』と申す十五の茶屋の者が社に詣(もう)でて、無防備に日羽に背を向けた瞬間に、西村が際(とき)のように、袈裟懸けにいたそうとしたのだ。いやまこと散々に、いいように使っておいて口封じに斬り殺そうとは、下種(げす)なやつよ」

「…………」

目の前の若槻は、すでに赤堀(こちら)から目をそらせて、暗く顔を伏せている。

その若槻が顔を上げて日常に戻れるようにしてやりたくて、赤堀は今、わざと佐之助の話に引っ掛けて、若槻の心髄のところを揺さぶっているのだ。

「して若槻どの、貴殿は日羽に何と言われて、あの妾宅に来られたのだ？」

「…………」

だが若槻は黙って横に首を振るばかりで、いまだ黙秘(だんまり)を続けるつもりのようである。

日羽の悪事は明白となり、すでにもう正式に捕らえられているというのに、まだ若槻は日羽を庇おうというのであろうか。

「貴殿がそうして、日羽を庇おうとする心底(しんてい)は何だ？」

若槻の心情がどうにも納得できなくて、赤堀は一膝、身を乗り出すと、本音をぶつけて言ってみた。

「武士として、幕臣として、武芸全般たしかに秀でているあの日羽を、師として仰いでいるからか？　それとも日羽が下卑た嗤いで、暗に示唆してきたように、幼き頃の衆道の誓いを忘れられずにいるためか？」

「…………！」

くっと小さく唇を嚙んできたから、やはり若槻と日羽との間には、何らのそうした繫がりはあったのかもしれない。

だが、よしんば二人にそうした繫がりがあったとしても、あの「日羽」という男には、若槻が自分の人生のすべてを犠牲にして守ってやるほどの価値はないのだ。

その事実を、今、目の前にいる若槻にどうしても判って欲しくて、赤堀は祈るような気持ちで、重ねて言った。

「だがどうだな、若槻どの。今ここで改めて、よくよく思うてみれば、さっき拙者が言い立てた諸々は、どれもわずかに違っておるのではないのか？　おそらくは武家の三男として、みじめに『厄介』で一生を終えかねないところを日羽恭太郎に救われて、その有り余る恩義が、そうしてそなたを黙秘に導いておるのであろうが」

「うっ……」

とうとう声を漏らした若槻が、そのままべたりと畳の上に両手をついた。

「うっ、う……」

「…………」

黙って見守る赤堀の前で、若槻は泣き続けるのだった。

「私、やはり、思い上がっていたのやもしれませぬ……」

ようやく落ち着きを取り戻した若槻がそう言ってきたのは、小半刻(こはんとき)(約三十分)ほども経ってからのことである。

「日羽さまは、長子のご嫡男として家をお継ぎになっておられますゆえ、縦し(よし)日羽さまが捕らえられれば、隠居のご先代も、ご妻女やお子たちも路頭に迷うことと相成りましょう。一方、私は妻子もおらず、分家の身でございますから、縦し私が切腹と相成りましても、潰れる家は『私の若槻家』ばかりでございますので」

たしかに武家の法では、親や長男のごとき目上の者が、目下である次・三男の罪の連座(れんざ)を得て、島流しになったり、家を潰されたりすることはない。

それはたとえば父親や兄が、殺された息子や弟の仇討ち(あだうち)をするのを許されていないのと同様のことで、仇討ちも連座も、当主である父や兄に何ぞかあって、家の存続が問われることとなった時にのみ、発動されるものなのである。

「だがそれが、どうして貴殿の『思い上がり』に繋がるのだ？」

赤堀が訊ねると、若槻は少しく困ったような苦笑いで目を伏せたが、それでもポツリポツリと、自分の心持ちの説明をし始めた。

「私なれば、日羽さまをお助けできると思うたのでございます。妻子もなく、分家の身の、まさしく今の私ならば身代わりになって差し上げられる。いや、私以外、誰も日羽さまをお助けできる者はいないと、そんな風に思いつめておりまして……」

「うむ……。いやたしかに、一等最初にお会いした際にも、貴殿はさように頑(かたく)なになっておられたが……」

自分だけが助けてやれると思いつめた若槻の心情の奥底に、どんな複雑さが渦巻いていたのかについては、もう再度は触れないほうがよいのであろう。

赤堀は何も気づかなかったふりをして、話を先に進めた。

「だが実際、あの長坂町の町家には、何と言って呼び出されたのでござる？　日羽に何ぞか頼まれたゆえ、行かれたのでござろう？　鎌倉遠馬の出馬を諦めてまで、どうして行かれたのだ？」

「…………」

若槻はスッと赤堀(こちら)から目をそらせて、言いづらそうにうつむいていたが、それでもきっと自分でも思うところはあったのであろう。つと顔を上げると、決意を見せて、こう言ってきた。

「申し上げます」

「うむ」

赤堀が励ますようにうなずいてやると、若槻は素直にその気持ちを受け取ったらしく、一つ小さくうなずき返してから話し始めた。

「日羽さまが我が家を訪ねてこられましたのは、鎌倉遠馬を明日に控えた前夜のことにてございました。『明日、どうしても、ともに出向いてもらいたき場所(ところ)があるゆえ、付き合いを頼む』とだけおっしゃって、帰っていかれまして……」

日羽が若槻家を訪ねてきたのは、幾年かぶりのことだったという。

十九歳の春に「小納戸の見習い」として中奥へ入ってからというもの、若槻は日々の勤めの忙しさに追われていたこともあり、以前のように日羽に武芸の手解きを受けには通わなくなっていた。

それゆえ日羽に、何の先触れもなしにいきなり訪ねてこられて、正直ひどく驚いたそうで、おまけに日羽が頼んできたのが「明日早朝、改めて迎えに来るから、一緒に来てくれ」というもので、どこに行くのか、何をするのか、いっさい何も仔細については語らずに帰っていったので、「これは何ぞか、のっぴきならない事態に陥っているに違いない」と、若槻はそう読んだという。

「鎌倉遠馬が翌日にありますことは、番方の諸役であれば必ず聞き知っているはずで、たぶん私が出馬をいたしますこともご存知であろうと思われますのに、それでもなお『明日は自分に付き合ってくれ』とおっしゃるのでございますから、相当のことにてございましょうかと……」

翌朝早く、わずかな供揃えで迎えに来た日羽のあとに従って、自分も二人だけ家臣を連れてついていくと、長坂町のくだんの町家の前に着いたという。

「お互い家臣たちには離れたところで待つよう命じまして、日羽さまと二人、敷地内に入りましたのですが、いざ入ってみますというと、もう見るからに普通の家ではございませんでしたので……」

実家の長兄から、「日羽どのが、町場で安囲いの妾を囲っているらしい」と、かねてより話には聞いていたため、「これがその妾宅か……」と、若槻は口には出さず、一人で承知したらしい。

「私たちが屋内に入りました時には、あの家は空っぽでございました」

「なれば、まだ、西村どのもいなかった、と？」

「はい……」

四ツ半（午前十一時頃）に、この家の者が帰ってくるのだが、ちと脅かして懲らしめてやりたいゆえ、手伝ってもらいたい。ついては今これよりこの部屋に、夜具を敷きのべるからそこに寝て、これを頭からすっぽりと被っていてはくれないかと、女物の長襦袢を手渡されたそうだった。

「襦袢、でござるか？」

「はい……」

ああ、これはおそらく、この妾宅に住んでいる妾に、焼き餅を焼かせるために違いない。

馬鹿馬鹿しい……。いい面の皮ではないか。こんな茶番をさせられるために、大事な鎌倉遠馬の出馬を逃してしまったということかと、さすがに少し腹が立ったが、すでに遠馬は始まっているはずだから、今さら戻れるものではない。

仕方なく布団の上で女の長襦袢を被っていると、さっき入ってきた玄関のほうから、人ひとり分の足音が聞こえてきたという。

「私は妾が来るものと、すっかり思っておりましたのですが、『来たぞ、お結』と、こちらに声をかけてきたらしいその声は、男のものにてございまして……」

いや、何だ？　男が来たということは、『安囲い』の別の旦那ということかと、襦袢を被りながら困っていると、男の手が若槻（こちら）の肩をつかんで、無理に引き起こしてきた。

「『あっ！』と、互いに顔を見て驚いて、西村さまと二人、物も言えなくなりましたが、その瞬間でございます。いつの間にか抜き刀（み）を構えていた日羽さまが、西村さまを背後から斬って落としまして……」

「………」

赤堀は顔をしかめて黙り込んだ。

そうして若槻と見合っていた瞬間を狙われたゆえ、まるで「据えもの」を斬ったかのような、見事な袈裟懸けになっていたのだ。

「若槻どの。して、その後はどうなされた？　まさか斬られた西村どのを放置して、日羽を逃がす算段をしていた訳ではあるまいな？」

口調を厳しくして赤堀が問うと、

「むろん、さようなことはござりませぬ！」

と、若槻も、身の潔白を真っ直ぐ主張して言ってきた。

「背を斬られた西村さまは、そのままに、私のほうへと倒れてこられました。受け止めて、夜具にうつ伏せにしたままで、とにかく少しでも出血が減るよう、そればかりを必死であれこれ考えて傷を押さえておりましたのですが、すでにもう、西村さまは痛がりもなさらずで、御名を呼んでも目も開けてくれませず……」

「うむ。あの深手では、たしかに長くは苦しまぬやもしれぬが……」

「はい……」

と、小さく返事して、若槻は深くうつむいている。

その若槻に、だが赤堀は、まだ訊かねばならないことがあった。

「して、日羽はどうした？　そうしてそなたが介抱をしている間、あやつはどうしていたのだ？　逃げたのか？」

「……日羽さまなれば、あれこれ申されておりました……」

「申されて？」

「はい……」

自分が斬った西村と、西村の背中の傷を必死に押さえている若槻を見下ろして、日羽は仁王立ちになったまま、懸命に自分を正当化しようとしていたらしい。

「西村（おまえ）が安囲いに入ってくる前は、お結はもっと素直な女であったのに……」とか、

「『安囲い』の決まりを破って、西村（おまえ）がこそこそと逢引きするから悪いのだ」などと、

次々と毒づいていたそうなのだが、西村がどうやらもう死んでしまっているらしいと気づいた若槻が、日羽を振り返って「もうだめらしい」と目で訴えると、日羽はどんどん後ろに下がって離れていったそうだった。

「『あとは頼む』とおっしゃったのが、最後でございました。日羽さまが飛び出していかれた後は、私も心細うなりまして、どうすればよいものかと思案いたしておりましたが……」

日羽に「頼む」と言われたからは、何としても日羽や日羽家を守らねばならない。自分にできることは唯一つ、やはり身代わりになることだけだと思い定めてからは、不思議に気持ちも落ち着いてきたらしい。

気の毒な西村を、せめて精一杯、供養してやらねばと、血で汚れた顔や身体を拭いてやり、きれいな夜具を敷き直して寝かせて、西村が腰に差していた小刀を置いてやったり、外にいる家臣に命じて線香を買ってこさせたりしながら、城へ報告するための文をしたためたそうだった。

「さようであられたか……」

「はい……」

すべてを話し終えた若槻は、ひどく憔悴(しょうすい)して見えた。

若槻がこれほど憔悴している理由は、日羽恭太郎の言動についてを、隠さず余さず口にしてしまったせいだろう。事実をそのまま口にすればするほどに、それは日羽に対する批判となり、悪口となってしまう。

だがその批判や悪口は、若槻自身(じぶん)が冷静になって考えさえすれば、すべて正当な代物(しろもの)で、もう日羽を心から庇いきれなくなっている自分が苦しくて、憔悴してしまっているのだ。

「……赤堀さま。私は、どうすれば……」

苦しさに耐えかねて、とうとうこちらに訊いてきた若槻に、赤堀はこう言った。

「そなた、気づいておらぬであろう。さっきからあれこれと日羽と妾の関係(かかわり)について話をしておられる際にも、そなた少しも気にしてはおらなんだぞ」

「……あの、それはどういう……？」

何を言われているものか判らないという顔をしている若槻に、赤堀は、やわらかく笑って見せた。

「つまりは、いっこう嫉妬をしていないということだ。やはりそなたは『三男の自分』を救ってくれた恩人として、日羽を大事に思うているだけだということで、それ以上では決してない。けだし日羽へのその恩義も、こたびこれまで庇(かば)うたことで、十分返したのだから、忘れてしまえ」

「………！」

赤堀の発した「忘れてしまえ」が突然で、若槻は目を丸くしていたが、しばらくすると小さく「ふっ」と笑顔を見せた。

「そうでございますね。おそらくもう私は、中奥に戻してはいただけないのでございましょうし、他にもきっとお咎めはありましょう。日羽さまに土台を作っていただいたものを、日羽さまにお返しする形で、これでサッパリするのやもしれませぬ」

「うむ……」

と、赤堀はうなずいたが、つとあまりに潔い若槻が心配になって、こう言った。

「けだし、むざむざ自分から、お役なり、家禄なりと、返そうとするのではないぞ。小納戸に上がり、分家を立てて、そなたも懸命に努めてきたのだ。もし御上が許してくださるとおっしゃれば、その限界のところまで甘えて、やり直させてもらえ」

「はい。心して、そう努めまする」

「うむ」

見れば、前にいる若槻は、話し始めたばかりの時とは別人のように、若々しい爽やかさを取り戻している。

おそらくは若槻自身がそう読んでいる通り、上様のお側では働けなくなるであろうが、そうして御役は御免になっても、分家として立てていただいた若槻家が残れば、中奥以外の別のお役に就くことも夢ではないのだ。

若槻はまだ若い。役高・五百石の小納戸職を失うことになったとしても、武芸の腕を生かせば、どこかの番方の番士になれるかもしれない。

本当に是非にもそうなって欲しいものだと、赤堀は口には出さねど、目付の職の域などはるかに越えて、そう願っていた。

妾をめぐる悋気の果てに西村を殺し、その罪を「必ず自分の身代わりとなってくれるであろう」若槻卯三郎に押しつけて、自分はその後も平気な顔で暮らしていた卑劣な日羽恭太郎は、当然のごとくに切腹となり、御家も断絶と相成った。

一方で、若槻はといえば、やはり小納戸の職からは罷免されたが、自分はいっさい手を下してはいないことと、斬られた西村を丁重に供養したことが認められ、若槻家の断絶は免れた。

そうして無役の小普請となっていた若槻卯三郎が、晴れて書院番士になれたのは、事件が済んで十月ほどしてのことである。

一名空いた番士の席に、「若槻卯三郎を、是非に……」と引っ張ってくれたのは、書院御番五組の番頭、矢板陸奥守であった。

組下の配下である若槻の武芸の腕は、その後、「陸奥守さま」の大きな自慢の一つとなったそうだった。

第三話　新入り

一

江戸は桜の盛りとなった。

市中に幾つもある桜の名所は、どこも連日、花見に集まった老若男女で大にぎわいとなっている。

上野は寛永寺の境内、墨田川の堤、品川の御殿山など花見の名所は数々あったが、そのなかの一つ、王子にある飛鳥山は、江戸の市民が自由に花見を楽しめるようにと、八代将軍・吉宗公が桜の株を数千本も植樹させて造成した花見の一大名所である。

その飛鳥山で、花見客どうしによる前代未聞の大喧嘩が勃発した。

家禄五百石の旗本の母親の一行と、家禄三百石の旗本の妻女の一行とが、互いに物を投げ合ったり、罵り合ったり、果ては着物や髪を掴み合っての大乱闘を、町人や他の武家たちの見ている前で繰り広げてしまったのだ。

五百石の旗本側は三十七歳の女主人を頭に、女中や荷物運びの下男たちの総勢八人ほど。

対して三百石の旗本家のほうは、四十四歳の妻女を頭に、同じく女中と下男とで、合計五人ほどであった。

その八名対五名がわあわあと、茶や酒を浴びせ合ったり、胸倉を掴み合って引っ掻いたり、草履だの、握り飯だの、とにかくそこらにあるものを相手方に投げつけたりしているものだから、周辺にいた他の花見の客たちは、かえって綺麗な桜より、そちらの醜い女どうしの争いのほうに、目を奪われる次第となった。

もっとよく見たいが遠慮して、遠くで立ち上がって見物したり、酔った勢いで傍まで寄って、女中たちの開けた胸元や足元をたっぷり堪能したりと、とにかくひどい有り様である。

そんな場面に居合わせた武家の一人、「本多幡三郎寛惟」という家禄四千石の旗本が、見るに見かねて、自家の家臣たちに命じて双方を止めに入らせた。

だがすでに双方ともにカーッとなっているものだから、割って入ってきた男たちが第三者である他家の家臣だということにさえ気づかず、大暴れを続けている。

　取っ組み合っている女中二人を止めようとした本多家の中間などは、女たちを引き分けて肩を押さえたとたん双方から顔を引っ掻かれてしまい、それを見ていた主人の本多幡三郎寛惟は、すっくと立ち上がって女どもの乱闘の近くまで歩いていくと、やおら腰から大刀を引き抜いて、大音声で言い放った。

「拙者、幕府より『江戸中定火之番』を仰せつかっておる旗本の本多幡三郎だ！　公衆の迷惑をば省みず、まだ暴挙を続けるようなら、役儀の外ではござるが、火付け同様、世間に仇成す者として、そなたらを捕縛いたす。さよう心得よ！」

　この本多の一喝に恐れをなして、両家ともに一瞬にしておとなしくなったが、見れば双方、大なり小なり怪我している者がほとんどである。

　なかでも一人、三百石の旗本側のほうには、命に別条はないまでも、頭から血を流している女中がいた。

　女どうしの争いゆえ、この場で「屹度叱り」おくだけで放免にしてやろうと思っていたが、こんな怪我人が出ているとあっては、幕臣武家の喧嘩沙汰として、一応は幕府にも報告を入れなければならない。

　飛鳥山近くの料理屋で奥座敷を借りると、本多は両家の者たちをそこに移して怪我人に治療を施してやる一方で、家臣の若党に命じて、急ぎ江戸城の目付方へと報告に向かわせた。

報せを受けて現場へと急行したのは、その日、当番目付の一人であった桐野仁之丞である。

本多家の若党の案内で、急ぎ騎馬にて駆けつけた時には、すでに昼の八ツ（午後二時頃）をとうに過ぎていたのだが、そうやって朝方から何刻も「目付方より訊問を受ける」べく待たされていたせいか、両家ともに、もうすっかり意気消沈しておとなしくなっていた。

「おう、これは！　桐野どのでござったか！」

到着した桐野を相手にそう言ってきたのは、本多幡三郎である。

「はい。本多さま、お久しゅうござりまする」

桐野も笑顔で頭を下げた。

本多はたしか、そろそろ五十になろうという歳まわりで、おまけに四千石の大身であるため、家禄千石でまだ二十七の桐野にとっては、目上にあたる関係である。

だが以前、江戸市中に起こった夜半の火事で、桐野と本多は顔を合わせたことがあり、その際に、歳の差や役職の違いを越えて互いの印象が良かったことを、双方ともに覚えていたのだ。

「こたびはお報せをいただきまして、お有難う存じまする。本日はせっかくのご非番で、ご家中の皆々さまを慰労なさっておられたのでございましょうに、まことにもって、ご面倒をばおかけいたしました」

「なんの、なんの……。いやな、ちと節介が過ぎたかとも思うのだが、とにかく町人たちもおる前での醜態であったゆえな」

「はい。すでに双方、怪我人もおりますし、これ以上の騒ぎになる前に引き分けていただいて、後になればあの者たちも『止めていただいてよかった』と、しみじみ思うことでございましょう」

「さようであれば、よいのだが……」

今、二人は女たちがいる座敷とは違うところで話していて、これから桐野が本格的に訊問に入るのである。

「して、あの者たちは、何という武家の家中なようで？」

改めて桐野が訊ねると、本多は首を横に振ってきた。

「我ら『定火之番』のお役目の内ではないゆえ、あえてお家の名などは訊き質してはおらぬのでござるよ。訊いたのは幕臣旗本のお家柄であることと、双方のご家禄のみでな」

「重ね重ねのご配慮のほど、まことにもって、お有難う存じまする……」

女たち両家に成り代わり、桐野が深々と頭を下げると、本多は笑って引き揚げていった。

その本多家の一行を、料理屋の前まで出て丁重に見送ると、桐野は両家それぞれから別々に話を聞くため、もう一部屋、座敷を借りて、まずは五百石の旗本家の女主人を呼び寄せるのだった。

二

家禄・五百石の旗本側の女主人は、名を「仲根比佐（なかねひさ）」といった。

夫は役高・六百石の『新番組頭（しんばんくみがしら）』を務めているそうだから、もとの家禄が五百石であることから考えれば、そこそこに出世はしているということになる。

だが仲根家にはもう一人、幕府に仕官している者がいた。

比佐の一人息子である「千之丞（せんのじょう）」という十八歳になる者が、今年の正月、見事、役高・二百俵の『大番方（おおばんかた）』の番士として、幕府のお役に就くことができたのである。

大番方は、幕府のなかで最も古くから創設されている武官の役方で、家康公がいまだ戦国の世を戦っていた時代から、家康に直属して活躍していた軍隊である。

役高・五千石の『大番頭』を長官に、その補佐役として役高・六百石の『大番組頭』が置かれており、仲根千之丞のような役高・二百俵の平の番士たちを統率していた。

この仲根千之丞の同僚、つまりは大番方の番士のなかに、花見の席で揉めた相手の夫がいるというのだ。

家禄・三百石の旗本である「深山陣太夫」という男で、だがこの陣太夫はすでに四十五歳だというのに、十八歳の仲根千之丞と同様、今年初めて平の大番士としてお役に就いた、いわゆる「新入り」だそうだった。

「ほう。なれば、そなたの嫡子の千之丞どのと、深山家の当主である陣太夫どのとは、いわば同期ということになるのだな？」

桐野が確かめるように訊ねると、「はい」と仲根比佐はうなずいてきたが、その先をこう続けてきた。

「うちは道場のお師匠さまのご推薦もありまして、こうしてまだ『部屋住み』のうちに仕官をさせていただきましたが、深山さまではもう随分と長い期間、『小普請組のお支配さま』のお宅に通われていたそうで……」

仲根比佐の言った「小普請組のお支配さま」というのは、役高・三千石の『小普請組支配』というお役のことである。

小普請組というのは、お役に就いていない旗本や御家人が編入される無役の者の集まりで、幕府から家禄を頂戴していながら実際には何のお役にも立ってはおらぬゆえ、御上にご奉公ができない代わり、毎年幾らと決められた額を「小普請金」として幕府に納めて、江戸城内を修繕する普請の費用として使ってもらっている。

こうした「小普請」と呼ばれる無役の旗本や御家人は、常に数千人はいるものだから、十組に分けられて、それぞれの組の支配役である「小普請組支配」に統轄されていた。

小普請組支配は月に三回、六日、十九日、二十四日になると、自分の屋敷を解放して、組下の者たちからの面談を受け付けることになっている。

どんなお役に就きたいのか、本人の希望を聞いたり、また逆に何ぞ空席の出た役目があれば、組内から人を選んで推薦したりと、とにかく一人でも多くの者が無役の状態から脱することができるよう、世話をしてくれるのだ。

そんな小普請組支配の屋敷に「もう随分と長い期間、通っていた」というのだから、深山陣太夫というその男は、これまで長く無役の小普請であったということだった。

対して仲根千之丞側の話で出てきた『部屋住み』というのは、武家において、その家の当主ではない男子のことを指していう言葉で、屋敷全体の持ち主である当主から一部屋与えられて、そこに居候して飯も喰わせてもらうため、「部屋住み」とか「厄介」などと呼ばれているのだ。

普通であれば、家督を継いで家の当主となってから幕府のお役に就くのだが、親がまだ現役で諸方に顔が利くうちに、「後継ぎの息子を仕官させておきたい」とがんばる武家も多い。

おそらくは仲根家もその伝で、千之丞が部屋住みのうちに大番士となったのだろうと思われた。

「して、深山どののご家中とは、何が契機で揉めることとなったのだ？」

「『鈴木越後』と『金沢丹後』のお菓子のことにてござりまする」

「菓子？　では、さしずめ羊羹か？」

「はい」

比佐が今、口にした「鈴木越後」や「金沢丹後」は、幕府の御用も請け負うような上菓子屋の店名である。

二店はことに羊羹が有名で、とにかく美味(うま)いと評判であったが、その代わりに値も張った。

「して、羊羹で、何をそう揉めたというのだ？」

「仲根家(こちら)はちゃんと『越後』にいたしましたので、何のわだかまりもございませんが、勝手に『丹後』に落としておいて、やっかんでいらっしゃいますのは、深山家(あちら)さまでございまして……」

「…………？」

何のことやらと目を丸くした桐野に、比佐は本腰を入れて説明をし始めた。

事は「新入り」が、自分の組の組頭や先輩番士たちを招いて行う、新任挨拶の宴会にまつわることらしい。

上役や先輩たちと上手(うま)く馴染むことができるよう、新入りは自宅屋敷に皆を招いてご馳走するのが慣例になっているのだが、飯や酒で饗応したその〆(しめ)には上物の菓子も出さねばならず、その菓子を「鈴木越後の羊羹」にしたか、「金沢丹後の羊羹」にしたかで、問題が起こったというのだ。

「越後のものは、ことさらにキメが細かく絶品でございますゆえ、お高(たこ)うはつきますけれど、是非にも皆さまに召し上がっていただきたいと、うちは越後にしたのでございます。そこをあちらは丹後に落としましたので、やはり古参の皆さまからお叱りを受けられたようでございまして……」

宴会の翌日、深山陣太夫は古参の先輩番士たちに囲まれて、「組頭さまにもお出しする菓子だというのに、越後にせぬとは何たることだ！」と、執拗に叱られていたのを、傍（そば）で同期の仲根千之丞も耳にしていたという。

「………」

呆れて、桐野は黙り込んだ。「男がそんなくだらぬことで……」と、今にも口に出しそうになったが、今ここでそんなことを言った暁（あかつき）には、目の前にいる仲根家の妻女が「ああだ、こうだ」と物凄い勢いで反論してくるに違いない。

ここはとにかく最後まで、「羊羹で揉めた」という女たちの主張（はなし）を聞いてみるかと、桐野は話を先に向けた。

「して、それで、何ゆえ妻女のそなたらが揉めておるのだ？」

「あちらだけが叱られたことを根に持って、睨んでまいりましたので……」

深山家の女中たちが睨んできていることに、仲根家の女中たちも気がついて、当てこすりで互いに悪口を言い合っているうちに、物を投げたり、摑み合ったりの喧嘩に発展したという。

「先にはっきり手を出したのは、どちらの誰だ？」

　桐野が訊くと、

「さあ、それは……。私、見てはおりませんでしたので、よう判らないのでございますが……」

　と、比佐はとたんに答えの歯切れが悪くなった。

　歯切れが悪くなったということは、おそらく先に物を投げたり、手を出したりしたのは仲根家の女中だったのであろう。

　それが証拠に、比佐は桐野（こちら）から目をそらして、懸命に「何でもない」という顔を拵（こしら）えているようである。

「あちらが先だ」と嘘をつくことができずに、顔にバツの悪さをそのまま出してしまうあたりが、この仲根家のご妻女の愛すべき部分なのかもしれないと、桐野は内心、苦笑いで眺めていた。

「判らんものは判らんで仕方がない……。なれば、柊次郎（とうじろう）。次は深山どののご妻女をお呼びしてくれ」

「心得ましてござりまする」

　桐野に「柊次郎」と声をかけられたのは、徒目付の本間（ほんま）柊次郎である。今日はこの本間柊次郎を頭に、数名の配下が桐野の供としてついてきていた。

本間は万事、あまり事細かに命じなくても、気の利く男である。

今も両家が一緒にならぬよう、仲根の比佐に「この座敷から退席するよう」促すと、別室で待つ深山家の者を呼ぶため、出向いていくのだった。

三

次に呼んだ深山家の妻女は、先ほどの仲根比佐とは違って女人らしい艶やかさはなかったが、そのぶん落ち着いた風情の女人であった。

「深山時枝と申します。ご足労をおかけいたしまして、申し訳ござりませぬ。本当に、お恥ずかしいかぎりでございまして……」

そう言って改めて頭を下げてきた深山時枝に、桐野はあえて仲根家の比佐にしたのと、まったく同じに訊いてみた。

「さっそくに訊ねるが、仲根どののご家中とは、何が契機で揉めることとなったのでござる?」

「それが……」

と、時枝はいったん口ごもったが、すぐに桐野(こちら)へ目を上げて言ってきた。

「うちの女中が、あちらさまのご家中に『かわらけ』を当てられまして」

「『かわらけ』というと、あの『かわらけ投げ』のかわらけか？」

「はい……」

　かわらけ投げというのは、厄除(やくよ)けや願い事の成就をこめて、高い場所から日干しの土器や素焼きの小皿などを投げる遊びで、飛鳥山でも、近くの茶屋で素焼きの小皿を買い求め、見晴らしのよい崖から投げるのが観光の一つとなっていた。

「して、どうした風に当てられたのだ？」

「あの時は、ちょうど皆で弁当を広げたばかりでございましたので、当たったところを直(じか)に見た訳ではないのでございますが……」

　横で突然、女中が「いたッ」と声を上げ、「何事か？」と振り返ったら、その女中が頭の後ろを手で押さえており、その足元に素焼きのかわらけが落ちていた。

「幸いにして傷はさほどに深いものではございませんでしたが、出血しておりましたので急ぎ手拭いを当てさせておりましたら、女中どうし、あちらさまとこちらとで、すでに口論が始まっておりまして……」

　どうやら深山家の女中の一人が投げた当人まで見ていたそうで、我慢できずに相手方の陣地まで、文句を言いに行っていたという。

「夫が大番組に入りました際に、私、仲根さまのお屋敷にもご挨拶に参りまして、少々ですが奥方さまとお話もさせていただきましたので、あちらが仲根さまのご家中だということは、すぐに判りました。それで私、『止めねば』と、あちらに参ったのでございますが……」

時枝が立って歩き出すと、残りの女中二人と下男一人も供をして一緒に来たが、いざ相手方のほうまで近づいて、口論の言葉の粒まで聞き取れるほどになると、さすがに時枝も腹が立つような内容になっている。

「かわらけなど投げたつもりはない」

とか、

「言いがかりも甚だしい！　なら、小皿に、こちらの名でも書いてあるというのか？」

などと、逆に開き直られて、

「冗談じゃない！　もしこれが顔にでも当たっていたら、大変なことになっていたではないか！」

と、そのまま時枝や比佐までが加わっての大喧嘩になったそうだった。

「さようであったか……」

ようやくその場の全体像が見えてきて、桐野は大きくうなずいていた。

ついさっきの仲根家の妻女の様子から考えても、今聞いた「かわらけ」の話が事実で、先に手を出したのは仲根家のほうなのであろう。

実際、さっきチラリと全員の様子を眺めた際にも、深山家の女中のなかに頭に白布を巻いていた者がいて、おそらくあれが「かわらけ」を当てられた女中なのであろうと思われた。

「時枝どの」

「はい」

改めて目を上げてきた時枝に、桐野ははっきりとこう訊ねた。

「お女中が怪我をさせられた次第については、どうなさる？　もしそちらが『許せぬ』ということで、正式に幕府に訴えを出すつもりがあれば、目付方もさように取り計らうが……」

つまりは今日のこの喧嘩を「幕臣旗本家どうしの争い」として、正式に幕府に届けるか否かを訊いているのである。

もしこれが当主どうしの喧嘩であったり、はっきりとした「刃傷沙汰」で刀を抜いての争いになっていたのであれば、喧嘩の当人たちには四の五の言わさず、ここで直ちに目付方の扱う案件として公にするところだが、今回は、たかが女どうしの喧嘩口論なのだ。

かわらけを当てられた女中のほかは、怪我といっても引っ掻き傷や掠り傷くらいであり、深山家側が「かわらけ」の一件を許し、事件化せずともよいというなら、後で一応「ご筆頭」には報告を上げるが、このまま示談という形で収めてもよかろうと、桐野は目付として判断を下していた。

「公衆の面前で暴れてしまいましたのは、私どもとて同様にございます。頭の傷は、戻りましたらさっそくにお医師の先生にも診ていただくつもりでございますが、幸いにして大したことはないようにてございますし、大番方の同組に勤める夫の立場もございます。どうかこのままなかったことにしていただけましたら……」

「うむ。相判った」

桐野は大きくうなずいて見せたが、やおら居住まいを正すと、時枝を真っ正面に見据えて言った。

「なれば一つ、目付として、屹度叱りおかねばならぬことがある」

「はい」

と、あわてて平伏してきた時枝を見下ろして、桐野は叱責した。

「幕臣の家中の者として、こたびがような見苦しき振る舞いは、一生の恥と思わねばならぬぞ。このあとで仲根のご家中へも同様に叱りおくつもりであるが、そなたら妻女が仲たがいをいたしてどうする？　夫や子が心置きなく幕府にご奉公できるよう、仲良ういたせ」

「はい。まことにもって、浅慮（せんりょ）なことにてございました」

時枝は痩せた背中をさらに縮めて、小さくなっている。

続けて仲根比佐に対しても同様にきつく叱責すると、それで双方を放免にして、桐野ら一行は城へと戻っていくのだった。

四

目付方の下部屋で待つ桐野仁之丞のもとに、本間がくだんの仲根と深山のことについて急報を入れてきたのは、もうすっかり江戸の桜が葉桜となった頃のことだった。

「昨晩遅く、上野の料理茶屋でのことのようなのでございますが、仲根千之丞が二階の階段から転げ落ちて、大怪我をいたしたそうにございまして」

「して、怪我の具合は？」

「幸い命に別状はなかったようでございますが、腕や肩、背中などを打ち付けて動くに動けず、大番の勤めのほうもしばらく休むそうにてございました。ただ実は、仲根が落ちましたことに関して妙な噂がありまして、そちらのほうが……」

「噂？」

「はい……」

昨夜、仲根と深山は組内の先輩番士たちに誘われて、上野にある料理茶屋に出かけていたそうで、さんざん飲み喰いして帰ろうという段になり、客間のあった二階から皆で一階に下りようとした矢先に、事が起こったものらしい。

「仲根千之丞が落ちるにあたっては、背後から誰かに押されたのではないかと、さように噂が……」

「なに？『押された』のか？」

「はい……」

今回、本間柊次郎がこの噂を耳にすることができたのは、偶然ではなかった。

実はあの後、本間はちと気になることがあって、仲根や深山のいる大番十組について、あれこれ調べていた最中であったのだ。

「新任挨拶の饗応で、深山だけが『金沢丹後』の菓子を出し、古参にひどく叱られていたというのが気になりまして……」

別に大番方に限ったことではないが、あちこちの役方で「新入りいびり」が横行しているのは、周知の事実である。

ことに深山陣太夫の場合、「新入り」と呼ぶにはいささか歳の喰いすぎた四十五歳であるため、先任の番士たちから馬鹿にされて、あれこれ「いびり」の的になっているのではないかと、本間はそこを調べていたのである。

「自宅屋敷で饗応をいたします際には、たいていは古参の誰かが事前に相談に乗りまして、酒はどのくらい用意をしておけば足りるのか、飯には何を出したらよいか、茶菓子には何を揃えるのが無難かなどと、いちいち細かく教え立てをいたすものにてございましょうが……」

そこで仲根は『鈴木越後』と教えられ、深山にはわざと誰かが『金沢丹後』と教えたのだとしたら、それはもうはっきりと「深山がいびられている」という証拠となろう。

「『いびる』だの『いびられる』だのと、さようなことに日々汲々としていては、大事なお役目の妨げと相成りましょうし……」

「うむ。したがもう、羊羹の違いを叱っておる時点で、番方としても、武家の男としても失格だがな」

「まことに……」

だが今、一番の懸案は、「仲根千之丞が本当に誰かに押されたのか？」ということにある。

「仲根千之丞は、しばし勤めを休むということであったな？」

「はい」

「よし。なればさっそく明日にでも、仲根千之丞なる者より、まずは話を聞いてまいろう」

「心得ました。では、これより手配をつけてまいりまする」

言うが早いか、本間は急ぎ下部屋を出ていった。

どこまでも頼りになる「柊次郎」の背中に、桐野は微笑(ほほえ)むのだった。

五

翌日の昼下がり、桐野は本間ら配下たちを従えて、小石川(こいしかわ)にある仲根家の屋敷を訪れていた。

先日のこともあり、比佐が丁重に桐野を出迎えて、奥座敷に寝ているという千之丞のもとへと案内してくれたのだが、初めて見た千之丞の風貌に、桐野も本間もまずは正直、驚いていた。

夜具の上で起き上がり、こちらへとていねいに頭を下げてきた千之丞は、あまりにも幼かったのである。

たしか十八のはずであったが、どう見ても十四、五という風にしか見えはしない。

武家は幕府に嫡子の出生届を出す際に、年齢（とし）を盛って、二つ三つは年嵩（としかさ）に書くことも多いため、この仲根千之丞も、そうしたうちの一人ではないかと思われた。

「仲根千之丞と申しまする。今年、正月十七日に大番十組へと配属をいただきました」

「うむ」

と、桐野は千之丞にうなずいて見せた。

なかなかに立派な挨拶である。見た目があまりに幼いためかもしれないが、健気（けなげ）で真っ直ぐで一本気な印象を、こちらに与えてくる人物であった。

「目付の桐野仁之丞にござる。さっそくだが、本日、貴殿をお訪ねしたのは他でもな

い。先般、上野の料理屋にて『人に押されて』階段を落ちたというのは、真実（まこと）のこと
でござろうか？」

「………」

千之丞が、明らかに困った顔になった。

桐野（こちら）はわざと鎌をかけて、「人に押されて」などと言ったのだが、こうもはっきり
顔に出されるとは思わなかった。

事実はどうあれ、少なくとも千之丞当人は、誰かに押されたと思っているというこ
とだった。

「して、仲根どの。貴殿、押した相手に心当たりはおありか？」

「いえ！　断じて私、押された訳ではございませんので」

「え？」

と、桐野は目を丸くして見せたが、こうして千之丞が誰かを庇（かば）ってか、「押されて
いない」と言い出してくるだろうということは、想定内のことだった。

「では貴殿、押されてはおらぬのか？」

桐野の言葉（これ）も、むろん「信じかけたふり」をしたものであり、そうはいっても我な
がら、いささかわざとらしかったかと反省をしていたのだが、どうやら仲根は見た目

の通り、ごく素直な性格らしく、桐野の言葉をそのままに受け取ったようだった。

「はい。押された訳ではございませぬ。酒にあまり強うはございませんので、おそらくは足がもつれでもしたものかと……」

「さようであったか」

仲根に大きくうなずいてやると、桐野は先を続けて言った。

「して、どうだ？　組内がほうは？」

「…………」

と、仲根は一瞬、驚いた顔をして、つとわずかに桐野から目をそらせた。

つまりは組内の者らについて、何ぞ目付方(こちら)には言いづらいことがあるということだろう。

だが仲根は、この少年そのままの外見の通り、一途(いちず)な性格のようだから、今ここで「組内の内情」について訊ねたところで、ぺらぺらと何でも話してしまったりはしないに違いなかった。

「どうしたな？　やはりまだ『組内の勤め』には慣れぬか？」

桐野がわざと逃げ道を作ってやると、仲根はまた素直に桐野の言葉を受け取ったようだった。

「あ、いえ……。古参の皆さまにもあれこれお教えをいただきまして、何とか無事に相勤めておりまする」

「さようか。それは良かった」

「はい。お有難う存じまする」

「うむ」

と、桐野はうなずいて見せてから、次の一手に進むことにした。

「して、どうだ？　ご同輩に『深山陣太夫どの』がおろうが、深山どのはもう勤めには慣れたようか？」

「はい。それはもう……」

そう言ってきた仲根の表情は、なぜか自慢げで、嬉しそうで、少しく身を前に乗り出してきたほどである。

「深山さまは、もとより何でもできるお方でございますゆえ、私は、日々あれこれと助けていただいておりまする」

「ほう……。深山どのは、さような御仁であられるか？」

「はい」

と、仲根は心底から自信を持って、うなずいているようだった。

「大らかで竹を割ったようにさっぱりとした、好いお方でござりまする。『年の功ゆえ、儂が訊くほうがよかろう』などといつも笑っておっしゃって、何でも助けてくださいますので……」

そう言いかけておいて、仲根はハッとしたのであろう。急に黙り込んでいる。

「…………」

と、そのまま困って言葉を選んでいるらしい仲根千之丞が気の毒になってきて、桐野はまたも自ら助け舟を出してやっていた。

「いや、良いご同輩が組内となって、まことに良うござったな」

「はい……」

仲根は返事をしてきたが、もはやさっきのようには無警戒で話せなくなってしまったようである。

今日はここいらが潮時であろうと見て取ると、桐野は腰を浮かせ始めた。

「ではそろそろお暇(いとま)いたそう。階段を落ちたと報告があったゆえ、怪我の様子はいかがなものかと心配したが、元気そうで安堵いたした。しばらくは身体(からだ)を労(ねぎろ)うて、ゆっくりと休むがよいぞ」

「お有難う存じまする。一日でも早くお役目に戻れるよう、相務めまする」

「うむ……」

夜具の上、痛む身体を懸命に動かして平伏してきた仲根千之丞を残して、桐野ら目付方一行は仲根家を後にするのだった。

六

小石川の仲根家より江戸城へと戻ってきてからのことである。

桐野は本間柊次郎と二人きり、目付方の下部屋で話し始めていた。

「いやまこと、歳の離れた『新入り』二人、いかにも健気に助け合うておりますようで、何とも胸が痛むようにてございました……」

そう言ったのは本間のほうで、桐野も大きくうなずいていた。

「まことにあの外見では、意地の悪い古参がおれば、格好の餌食となろうな。存外、ひどくいびられておるのは、深山より仲根のほうなのやもしれぬ」

「はい……。けだし、いびる古参を擁護する訳ではございませんが、大番方は三年に一度は、京や大坂へと在番せねばなりませぬので……」

大番方は、幕府最古の武官ということもあり、戦国の時代の風を色濃く残しているところがある。江戸にいて『二ノ丸』などを守ったり、城下の江戸市中を巡回したりするだけではなく、京の『二条城』や大坂の『大坂城』を警固する役目も担っている。

十二組ある大番組が、京に二組、大坂にも二組配されて、一年間それぞれ行きっきりで警固することとなっていて、その仕事を「上方在番」と呼んでいた。

一年で四組もが江戸を離れて上方にいることとなるため、十二組もあるというのに「三年に一度」は京か大坂のどちらかに在番しなければならない。

江戸を離れてはるばる上方まで、三年に一度は行軍しなければならない大番方の勤めは、ほかの番方と比べるとはるかに身体への負担が大きくて、実際、上方への行き帰りの道中や、上方在番中に病で命を落とす者もいたのである。

「あの仲根千之丞を見るかぎり、上方へ子供を連れていくような風ではございますし、四十五歳で新入りとなった深山と二人、組内で浮いてしまっておりますのが、まこと目に浮かぶようで」

「うむ……。して、大番十組の次の『上方行き』は、いつのようだ？」

「来年はまだ江戸のようでございまして、京へと在番に向かいますのは翌々年の四月にてござりまする」

「なるほど……。来年はまだ動かずに済むゆえ、ああして二名ともに、十組へと配属されたのやもしれぬな」

「はい」

と、本間がうなずいた時である。

「蒔田です。失礼をいたしまする」

下部屋の襖の外から声がかかって、小人目付の蒔田仙四郎が入ってきた。こたびの案件で徒目付の本間とともに、桐野に付いて働いてくれている配下の一人である。

「おう、仙四郎か。いかがした?」

桐野が声をかけると、蒔田仙四郎は二人のそばに控えて報告を入れてきた。

「仲根を誰が押したかにつきまして、大番十組の御番頭『中条越中守』さまが、あの晩に料理屋に行った番士たちをお集めになり、訊問をなさったそうにてございますのですが、そのなかで『深山陣太夫』の名が出たそうにございまして……」

「なに? では深山が仲根を押して、階段を落としたとでも申すのか?」

桐野より先に反応したのは本間柊次郎で、仲根からあの話を聞いた直後ということもあってか、深山が疑われていることに顔が険しくなっている。

「して、深山が何ゆえに仲根千之丞を押したのか、そうしたことも判っておるということか?」

本間が重ねて訊ねると、蒔田はすまなそうに答えてきた。

「いやそれが、なにせ大番方の正式な調査でございますゆえ、そこまでは話が漏れてまいりませんで……」

「そうであろうな」

カッとしている本間を落ち着かせるようにそう言うと、桐野は決意して、二人に向けてこう言った。

「中条越中守さまをお訪ねしてまいろうと思う。こちらが聞いた仲根千之丞の話もし、その以前の飛鳥山での一件についてもご報告をいたせば、深山がことについても忌憚なくお話しくださるやもしれぬしな」

「桐野さま……」

そう口に出したのは本間で、ほかでもない桐野当人の身を案じているのである。

それというのも大番方の長官である『大番頭』は、役高・五千石もの役職であり、役高・千石の目付を格下に見て、いい加減な対応をしたり、自分を監察する目付にあからさまな敵意を持ったりする者も少なくないのだ。

おまけに今回の一件では、十組の長である「越中守さま」に断りを入れる前に、すでに仲根家の屋敷を訪ねて、千之丞から話も聞いてしまっている。

むろん目付方は幕臣を監察するのが役目であるから、たとえどこの配下であっても、その役方の長官に断りなく自由に取り調べて構わないことになっており、また逆に、「これからおたくの配下を呼び出して、訊問をいたします」などと断りを入れれば、かえって隠し事をされかねないため、今回のように勝手に訊問を進めるというのが、目付方の通常のやり方なのである。

だがこの先の深山陣太夫の身柄については、おそらくは越中守が管理するに違いなく、目付方である桐野が自由に深山に会える道は残されていないものと思われた。

「柊次郎。ちと足労をかけるが、中条越中守さまがお屋敷まで『使い』に出てはくれぬか?」

「心得ましてござりまする」

神妙な顔つきで本間も答えてくる。「桐野さま」がどう扱われるか、心配でならないのだが、さりとて他に方法がないのも明白であるからだった。

役高・五千石の「中条越中守さま」のお屋敷は、番町(ばんちょう)にあるという。

そうして翌日、桐野は本間や蒔田ら数人を供に連れて、面談へと向かったのだった。

七

「ほう……。なれば、すでに飛鳥山での一件で、仲根と深山の間には『わだかまり』のごときがあったということでござるな」

「あ、いえ……。『わだかまり』と申しますなら、両家の妻女や家中の者のみにてございまして、仲根と深山当人どうしの間には、さようなものは……」

「…………？」

　桐野の話に、いまだ納得がいかずに、中条越中守は口をへの字に結んでいる。

　今、桐野は越中守の屋敷の客間に通されて、飛鳥山での一件を話し終えたところである。この後に越中守の様子を見つつ、仲根を訊問した時の話を切り出そうと考えているので、いまだ「越中守さま」には、仲根千之丞がどれほど深山を慕っているものかが、伝わってはいないのだ。

　それでも幸い、今年五十歳になったという中条越中守は、気難しい人物ではないらしい。

　目付の桐野がこうしていわば「組内のことに出しゃばってくる」ことにも、何の怒りも屈託も感じてはいないようで、それどころか桐野が飛鳥山での一件を報告に来てくれたことを、口にも出して「有難い」と喜んでくれたほどである。

実はこうした番方の長官には、おおまかに分けて二種があり、

「我が組内のことについては、すべて番頭の拙者が責（せき）を持つゆえ、横から口を出してくれるな！」

という長官と、

「配下（した）の者の細かな人柄や言動については、正直なところ、なかなかに番頭の拙者にまで上がってはこないゆえ、どんなことでも、こうして知る限りを教えてくれるのは有難い」

と考えてくれる長官とで、様子が真逆になるのだ。

こたびは「越中守さま」が後者の長官でいらした事実（こと）に感謝せねばと改めて思いながら、桐野は飛鳥山の話に引き続き、仲根千之丞との面談の一部始終を報告した。

「なるほどのう……。いや、そなたが『仲根と深山の間には、わだかまりはなかろう』と申した理由（わけ）が、ようやくに判ったぞ」

越中守はそう言って、一人で大きくうなずいている。

「いやな、儂も仲根には会うてはいるが、あれはおそらく十五を過ぎてはおらぬであ

ろうからな」

　越中守の見立ても、桐野や本間と同様なようだった。

「実は以前、他組で騒ぎになったことがあるのだが、仲根がような年少が入った際に、『何ゆえ我らが子供の面倒を見ねばならぬ？』と古参の者が臍を曲げて、何の指南もしてやらずにおったというのだ。こたびの仲根は家の禄が五百石と、組内の番士のなかでは一番に高禄ゆえ、いびりに遭うこともなかろうと思うていたのだが、ちと見込みが甘かったようだな」

「いや、さようにございましたか……」

　やはり長官の番頭だけあって、ある程度までは先々を読んでいたということだろう。

　だが一つ、実は目付として気になっているのは、なぜわざわざあのような年少者を、番士として採用するかということである。

　図らずも今、越中守は、仲根の家禄が大番士としては高禄だと話していたが、そうしたことに何らかの忖度が生じて、不自然なほどに年若い番士が採用されているのだとしたら、それはそれで問題であろうと思われた。

「して、越中守さま。仲根がような年少の者も選ばれるにあたりましては、何ぞ大番方に、さような慣習のごときがございますので？」

「おう、出たか……。さすが目付方は厳しゅうござるな」

越中守はそう言って苦笑いになったが、つと真面目な顔に戻って、こう言った。

「仲根千之丞はああ見えて、剣だけは怖ろしく遣えるのだ。あの年齢（とし）で、何と道場の師範代を務めておってな。おまけに口を利かせれば、大人顔負けに落ち着いておるゆえ、身体さえできてまいれば、まずは組頭も狙えるような逸材になろうと思うてな」

「いやまこと、たしかに話をしていても、少年らしい清々（すがすが）しさのなかに、一本、筋が通ってございました」

「さようでござろう？」

そう言って、中条越中守は自慢げである。そうして組下の自慢ついでに、深山陣太夫についても話し始めた。

「深山もそうだ。あれは昔に父親が、酒を過ごして寝坊して失態を犯してな。結句（けっく）、御役御免となったようなのだが、以来、深山（みやま）家は、いかに息子の陣太夫が武芸全般に励んでも、何のお役にも就けんかったそうだ」

「さようにございましたか」

まだ深山には会ったことがないから判らぬが、「越中守さま」の目に留まり、四十五歳という年齢を物ともせずに採用された男であるのだから、仲根と同様、武芸のみならず人物も優れているに違いない。

「して『深山が仲根を押した』というのは、真実のことでございますので？」

桐野がいよいよ本題に斬り込むと、越中守は、眉を寄せて首を横に振ってきた。

「判らんのだ。深山は『誓って、拙者ではございません』と申しておったが、ほかの番士らから話を聞くかぎりでは、『深山はしこたま飲んでいたゆえ、酔ってよろけて、我知らず、ぶつかったに違いない』と、そう言うのだ」

一緒にいた古参の者たちが言う通り、「しこたま飲んでいた」のは本当のようで、酒の量が他の番士たちより多かったことは、深山自身も認めている。

だが深山は、「あの程度飲みましたくらいで、酔うものではございません」と、そう言うし、さりとて他の番士たちも、越中守にとっては、同じく自分の組下の者なのである。

どちらをどう切り捨てることもできかねる越中守の心中を推し量り、桐野は居住まいを正すと、「越中守さま」に切り出した。

「僭越ながら、こたびが一件につきましては、このまま不肖、私めにお預けをいただく訳にはまいりませんでしょうか？」

「………」

突然そう言い出した桐野に、しばし越中守が答えに迷っていると、桐野はガバッと畳に手をついて平伏した。

「これよりは、わずかなものでも調査で判明いたしました内容については、逐一、越中守さまがお屋敷までご報告にうかがいまする。その上で、『これ』と事実が判りました際には、改めて越中守さまにお裁きのほどを……」

そうして長官である越中守が、大番十組の番頭として組下に裁きをつけた上で、それを目付方にも報告してもらい、目付の意見も加えた上で、大番方の支配筋である老中方に上申する形を取るのが最良と思われた。

「相判った。なれば桐野どの、足労をかけるが、よろしゅう頼む」

「ははっ。お有難う存じまする」

こうして、この一件の調査については、桐野ら目付方へと差し戻しとなったのであった。

八

越中守より一件を預かって、五日ほどしてのことである。

もうそろそろ日が陰ろうとする目付方の下部屋で、桐野は本間と蒔田から、その後の報告を受けていた。

「そうか……。なれば深山陣太夫が、酒にはめっぽう強いというのは、本当(まこと)であるのだな？」

「はい」

と、桐野に返事をしたのは、小人目付の蒔田仙四郎である。

あれから蒔田は、「大番に入る前の深山」について調べを進めていて、深山がどれだけ懸命に、仕官を目指して武術の腕を磨いていたかとか、道場の友人たちや親類縁者、知己といった者たちに、深山がどれほど好ましい人物として見られていたかといったところを、ていねいに確かめてきたのである。

そのなかで、誰からも話が出たのが、「深山の飲みっぷりのきれいさ」であった。

飲まぬ相手を前にして付き合う際には、深山もいっこう酒は飲まずに平気でいるし、また逆に、飲みたい者を相手とする際には、深山もとことん付き合って、愉しく一緒に飲むのである。

そうして皆が笑って言うには、「陣太夫は、飲もうと思えば、底抜けに飲める」ということであった。

たとえば親戚の集まりなどで夜中まで酒を酌み交わしていても、酔い潰れたことなど一度もない。酔って記憶を失くすことはもちろん、呂律がまわらなくなったり、寝てしまったりすることもなくて、親戚や仲の良い友人たちには「おまえは笊だ」と呆れられているという。

「そんな訳でございますから、深山が酔ってよろけるなどあろうはずがないというのが、皆が揃って申すところでございまして……」

「そうか……。深山がそうして酒をきれいに飲むというのは、父親が酒にて失態したことを、教訓としておるのやもしれぬな」

「さようでございますね……」

横手から大きくうなずいてきたのは、本間柊次郎である。

「その陣太夫が父親のことにてございますのですが……」

「うむ」

と、桐野も、今度は本間からの報告を聞こうと向き直った。

「父親は、もうすでに二十年余も隠居をいたしておりますが、以前は『書院番士』を務めていたそうにございまして……」

書院番の平常時の勤務は、本丸の諸門に詰めての警固であるのだが、生来の酒好きであった陣太夫の父親は、前夜に飲んだ酒を残して、任務中に居眠りしてしまうことが多々あったという。

それがある日、とうとう自分の上司である組頭にばれてしまい、これまでの度重なる居眠りや遅刻についても取り沙汰されて、「御役御免」と相成ったということだった。

「その父親の酒のせいで、仕官するのに夫婦で苦労なすったものでございますから、『夫が外で、酔って足元を危なくするほど飲むはずはございません』と、そうご妻女は申されて……」

「なるほどな……」

本間柊次郎はこの一連の話を、今日、直に深山家の屋敷に出向いて、妻女の時枝から聞いてきたのである。

時枝から話を聞いてくるよう、本間に命じたのは桐野であったが、実は桐野が本当に知りたかったことは他にあった。

「して、柊次郎。『宴会の指南』をしたのは、誰であった？」

「今年で三十九になるという古参の一人で、『倉坂靖五郎』と申す番士にてございました」

今、二人が話しているのは、仲根や深山が組頭や先輩番士たちを招いて催した、新任挨拶の宴会の話である。

桐野が知りたかったのは、仲根・深山の二人に対し、誰が「宴会の指南」をしたのかで、仲根と深山がバラバラにそれぞれ別の古参に指南してもらったのか、それとも二人同時に一人の古参に教わったものなのか、そのあたりの詳細を是非にもつかんでおきたかったのだ。

それを具に知っている人物は、深山の妻女・時枝である。

ゆえに本間柊次郎に命じて、時枝のもとへと話を聞きに行かせたのであった。

「なれば、その倉坂と申す者が、仲根と深山をいっぺんに指南したということだな」

「はい。『鈴木越後』と『金沢丹後』につきましても、倉坂は二人を前にしてはっきりと『金沢丹後で十分であろう』と、さように申しましたそうで……」

鈴木越後の羊羹を、たとえば十人分、用意しようと思ったら、それだけで十両の金が軽く飛んでしまう。

対して金沢丹後の羊羹も、ほかの菓子に比べれば高いには高いのだが、余裕を持って十数人の分を揃えたとしても、十両まではかからない。

饗応では菓子のほかにも、たっぷりの酒と、見場の良い料理に、十両では足りないほどの金子がかかるから、羊羹を金沢丹後に落としたとて、どうということもあるまい。

「『自分などは、口がお安くできているせいか、かえって金沢丹後のほうが美味いくらいだ』と、倉坂はそうした冗談まで申しておりましたそうで、深山のご妻女は幾度も幾度も倉坂のことを『本当にざっくばらんな、良いお方で……』と、褒めちぎっておりました」

「なるほどな……」

聞き終えて、桐野は大きくうなずいていた。

「倉坂は、昔、自分も饗応で苦しい思いをしたゆえ、まこと『良かれ』と思うて金沢丹後を勧めたのであろうな」

「はい。ご妻女の申しようではございませんが、なかなかに良き先輩番士でございますことかと……」

「うむ」

だが実際の饗応では、菓子を『金沢丹後』にしたのは深山陣太夫だけであり、仲根千之丞のほうは『鈴木越後』を用意した。

鈴木越後の羊羹が大変に評判がよいことは、誰に教えてもらわなくても、周知の事実というところである。

仲根家が羊羹を『越後』に変えたのは、おそらく千之丞の母親・比佐の判断であり、千之丞自身には、指南してくれた倉坂に対して何の反抗心もなかったに違いない。

ところがいざ両家の饗応が済んでみると、仲根家と深山家との間には、羊羹の違いで浮き彫りとなった明らかな格差があった。

深山は「羊羹代をケチった」として、古参番士たちから突き上げを喰らう羽目になり、「そんな指導をしたのか？」と、倉坂までが最古参の者たちから叱責を受けたそうだった。

「『あんなに良くしていただいたというのに、倉坂さまを巻き込んでしまいました』と深山家のご妻女は、随分と気にいたしておりました」

実際のところ、もし倉坂から鈴木越後を勧められていたら、子らの着物や道具まで質入れしても、はたして用意ができたかどうかと、妻女の時枝はそう言って苦笑していたという。

「どう見た？　柊次郎。やはりその倉坂が『臭(にお)う』ような気がするのだが……」

「はい……」

と、本間もうなずいた。

「実はその後、ちと倉坂靖五郎についても、調べてみたのでございますが、病気の母を抱えて妻子と暮らしておりますもので、つましい生活(くらし)をしているようにてございました。『金沢丹後』を勧めましたのは、まこと本心からだと……」

「うむ。倉坂からして見れば、家禄五百石の部屋住みの仲根が、自分の衷心からの助言を無視して、何の苦労もなく『鈴木越後』を用意したのが腹立たしくもなろうな」

「はい……」

どうやら少しは「中条越中守さま」にもご報告できるあれこれが、整ってきたようである。

「裏打ちをいたしますためにも、ほかの番士に仲根を恨んでいるような者がおらぬか否か、この仙四郎とともに相調べてまいりまする」

「うむ……。足労をかけるな。よろしゅう頼む」

「ははっ」

一人「桐野さま」を下部屋に残して、本間柊次郎と蒔田仙四郎の二人は、またも外へと飛び出していくのだった。

九

怪我をした仲根千之丞が、ようやく立って歩けるようになったのは、それから半月後のことであった。

その仲根の回復を待って行われたのが、桐野仁之丞による目付方の詮議である。

詮議の場は大番十組の番頭である中条越中守の自宅屋敷で、あの日、料理屋に飲み喰いに出かけた全員が一室に集められ、越中守同席の下、桐野は皆に訊問を始めたのであった。

「では訊くが、誰ぞ細かく、その際の立ち位置などを覚えておる者はおらぬか？」

「…………」

「…………」

桐野はわざと、しばし誰かが答えてくるのを待ってみたが、皆そっと仲間どうし顔を見合わせるばかりで、誰も何とも答えない。

すると「御目付さま」直々(じきじき)のご詮議だというのに、黙ったままでいっこう動かない番士たちにハラハラして、あの晩はその場にいなかった組頭が、組下の者たちに声をかけ始めた。

「ほれ！　とっとと立って動かぬか。ここを階段の下り口と見て、それぞれに立ってみよ。立ってあれこれ動いてみれば、『そういえば、横に定七郎（さだしちろう）がおった』とか、『自分は源蔵（げんぞう）の後ろであった』などと、思い出すやもしれぬではないか」

　組頭に追い立てられるようにして、番士たちは立ち上がったが、皆のっそりと「ここが階段」と決められた近くをうろつくばかりで、「自分はここかもしれない」とさえ言い出す者もいない。

　だがよくよく観察をしていると、皆が皆、なぜか一か所には立ち止まらないようにしているらしく、これはおそらく仲間どうし阿吽（あうん）の呼吸で、犯人探しをうやむやにしようとしているのではないかと思われた。

「相判った。ご苦労であったな。座してくれ」

　桐野が声をかけると、皆いっせいにうろつくのをやめて、早々に元いた席に戻っていった。

「いや、まこと、そなたらの連携の強さがよう見えたぞ」

　笑いながら言った桐野の言葉に、勘のいい幾人かは、顔色を失ったようだった。

「おそらくはこのなかの多くが、『誰が押したか』薄々なりと、判ってはおるのでござろう。その上で、なお、その者を庇うて、それぞれ己が疑われるやもしれぬのを『良し』としているのだから、見上げたものよ」

だが、こたびの犯行には、おそらく何か動機があろう。よしんば、ここにいる全員が、「新入り」の二人に対して良い感情を抱いてはいなかったとしても、それで直ちに誰もが仲根千之丞の背中を押せる訳ではあるまいと思う。

腹立ちか、憎しみか、やっかみか、今のところは判らぬが、一人一人の番士について仲根との関係性を丹念に調べれば、必ず何か「背中を押す」火種となるような悪感情が暴き出されてくるであろう。

「たとえていえば倉坂どの、そなたが饗応の指南の際に、心底から『良かれ』と思うて金沢丹後を勧めたと申すに、仲根どのがそれを無にして鈴木越後を用意して、そのことが後々『自分の恥』ともなって跳ね返ってきたことに腹を立てても、それは立派に『火種』になろうということだ」

「………………！」

とたん、ガタガタと一人で震え出した倉坂靖五郎を、皆はさしたる驚きもなく、ただただ気の毒なものを眺めるような横目で見つめている。

すると仲根千之丞が、

「申し上げます！」

と、桐野に向かい、すがるようにして言ってきた。

「先般、屋敷で申し上げました通り、私は、誰にも押されてはおりませぬ！　これは誓って、真実（まこと）のことにてござりまする。ですから、どうか……！」

「相判った！」

横手から一喝するように言ってきたのは、頭（かしら）の中条越中守である。

「この一件、仲根が申し立てを真実（まこと）とし、大番十組としては、これにて落着といたそうと存ずる。桐野どの、よろしいか？」

「はい。さようにお届けをいただきましたら、目付方ではそれを合議で判断させていただきました上で、しかるべく御用部屋（おへや）のほうへご通達いたしますまで……」

「うむ。なれば、さようにさせていただこう」

「ははっ」

桐野が越中守に向けて平伏したのに引き続くようにして、部屋中の番士がいっせいに、頭に向けて平伏した。

平伏の形を取りながらも、一人だけ咽（むせ）び泣いていたのは、倉坂靖五郎である。

「雨降って、地固まる」の喩えを信じて、桐野ら目付十人が大番十組よりの申し立てに、あえて異議を差し加えずにいたのは正解であったらしい。

仲根千之丞、深山陣太夫の「新入り」二人は、もうすっかり大番十組に溶け込んで、つつがなくお勤めをこなしている。

京へと上る再来年、二人が立派に「越中守さま」の戦力となってくれるのを、桐野は愉しみに想像するのだった。

第四話　葵の御紋

一

まだ梅雨にはさすがに早かろうと思うのに、昨日も今日もしとしとと雨が降り続いている。

こうした時は、本丸の御殿のなかも湿気ていて、老中方や若年寄方が執務室として使っている『御用部屋』の畳も、やけにしっとりとしているようである。

その何とも気鬱を誘う湿気が蔓延してか、老中や若年寄ら上つ方の面々は、いかにもさっぱりしない顔つきで、今日も合議を始めていた。

「どうだ、おのおの方。やはり手に入らんか？」

一同の顔を見まわしてそう訊いたのは、首座の老中・松平右近将監武元で、それに答えて、他の皆はそれぞれに「はい……」と沈鬱な表情でうなずいている。

今、合議の席に着いているのは老中が四名と、若年寄が四名の、合計八名。

今年五十六歳になった首座の右近将監を筆頭に、老中方は、次席が四十五歳の松平右京大夫輝高、次が五十一歳の松平周防守康福で、末席についているのは四十六歳の阿部伊予守正右である。

対して若年寄方のほうは、首座が四十歳の水野壱岐守忠見、次席が五十六歳の酒井石見守忠休で、三席目が五十九歳の加納遠江守久堅、末席が三十九歳の水野豊後守忠友の四名であった。

今の議題は『肥後政談』という文書についてで、さっき右近将監が一同に向けて「手に入ったか？」と訊ねていたのは、その文書の写本のことである。

『肥後政談』は、近頃とみに諸大名家の間で話題になっているようで、なんでも肥後の熊本藩が十年以上も前から行っている藩政改革について、誰ぞ学者のような人物が、その藩政改革の具体的な内容を書きまとめたものであるらしい、との噂であった。

だが実は半月ほど前、熊本藩の藩主である細川越中守重賢から正式に、幕府のほうへと報告の文書が届けられていたのである。

「昨今、巷に『肥後政談』なる文書の写本が出まわりつつあるそうなのでございますが、我が藩におきましては、さようなものを書かせた事実もございませんし、認めた訳でもござりませぬ。

　噂では、我が熊本藩が行うております行政の改変につきましてを、あれやこれやとあることないこと書き綴った文書だそうなのですが、その写本なるものが、いかにいたしましても手に入らず、実際のところ何を書かれておりますものかも、はっきりとはいたしませぬ。

　目下（もっか）、家中の者らに命じまして、写本の一冊でも手に入れるべく鋭意奮闘している最中ではございますが、縦（よ）しさような書物が御耳目（ごじもく）に触れるようなことがございましても、我が藩とは、まこといっさい関わりなきものにてございますゆえ、どうか、さようにお見知り置きのほどお願いつかまつりまする」

　この熊本藩からの上申を受けた御用部屋では、さっそくに幕府（こちら）も写本を手に入れるべく動き出した。

　御用部屋の老中や若年寄たち八名も、それぞれに一藩を有する藩主でもある訳だから、すでに『肥後政談』なるものが存在し、その写本についてあれやこれやと諸大名家の間で噂になっていることは耳にしている。

　とはいえ、日々政務に追われて忙しい老中や若年寄ら八名は、これまで正直『肥後

政談』について、さして何とも考えたことなどなかったため、こたび熊本藩よりの上申を受けて初めて、

「大名諸家の間でこれだけ噂となっているのだから、『肥後政談』なる文書については、やはり御用部屋でも把握だけはしておいたほうがいいだろう」

との見解となったのであった。

だがそうして御用部屋の八名がそれぞれに、自分の家臣たちに命じて『肥後政談』の写本を手に入れるべく奔走したというのに、写本の売り手の所在さえ摑めない。

噂によれば『肥後政談』には著者の記名がないという。「写本、写本」と、やけに巷で取り沙汰されている写本についても、一体どんな厚さの書き物なのか、写本は幾冊存在していて、実際、誰が持っているのか等々、まだいっこうに調べがついていないのだ。

もう半月近くも、ほぼ何も摑めていないこの状況にうんざりして、御用部屋の八名は、今日も互いに湿気た面を突き合わせていたという訳である。

「昨日また自藩の『留守居』を突いてみたのでございますが、やはり写本の売り手の手がかりも摑めぬようにてござりまして……」

そう言ったのは、老中としては上から三番目といった立場にいる、松平周防守であ

る。

「いや、周防どの。自藩の留守居とて同様だ。いっこうに役に立たん」

と、今度は次席老中の松平右京大夫が、横手から話に参入してきた。

二人の言う「留守居」というのは、諸藩がそれぞれに用意している外交専門の家臣のことである。

幕府や他の大名家との交渉や連絡に従事させるため、諸藩とも留守居役の家臣には江戸常駐を命じていて、何かの際に幕府から目をつけられたり、怒りを買ったりしないよう、また他藩や旗本家などとも揉め事などが生じないよう、諸藩の留守居役たちは外交官として、江戸の市中で陰になり日向になり、さまざまに活動していた。

その活動のうち、まず一番に数えられる仕事が、情報の収集である。

今回は日頃の諸藩との繋がりを大いに生かし、「○○藩は写本を持っているらしい」とか、「○○藩は以前、写本の売り手と交渉したことがあるらしい」などと、わずかな手がかりでもいいから他藩から情報を仕入れてくるのが、留守居の腕の見せ所であるのだが、右京大夫いわく「これがいっこう役に立たん」ということだった。

「『万が一にも、手に入った際には見せて欲しい』と、すでに旧知の諸藩にも頼んではあるのだが、そちらもいっこう、どこからも報せがこんのだ」

右京大夫はそう言って、いらついているのをそのままに、手にしていた扇でコンと鋭く畳を打った。

上野高崎藩・七万二千石の藩主であるこの次席老中は、頭の回転が速いだけではなく、なかなかに情もあり、人柄は決して悪くはないのだが、とにかく短気ですぐにカッと頭に血が上り、それがそのまま口にも表情にも出てしまうのが欠点といえる。

するとその右京大夫に、老中のなかでは末席に位置する阿部伊予守が、横から声をかけてきた。

「右京さま。ちとよろしゅうございましょうか？」

「ん？　伊予どの。何だな？」

振り向いてきた次席老中に、伊予守は末席らしく、遠慮がちにこう訊ねた。

「『旧知の諸藩』とおっしゃいますのは、もしやして、『留守居組合』の諸藩のことでございましょうか？」

「さよう。どちらの藩とも、もう数十年来の付き合いになるが」

「やはりそうでございましたか……」

「………？」

留守居組合というのは諸藩の留守居役たちが、それぞれ自藩に繋がりのある幾つかの藩の留守居役たちと互いに情報交換をするために、「組合」という形を取って集まっているものである。

一か月に一度などと定期的に会合を開いたり、組合員の誰かが何ぞか危急の情報を仕入れてきた際には、組合の諸藩に「廻状」の形で書状にして報せたりと、互いに持ちつ持たれつの関係を築いている。

その「留守居組合」を話に出して、阿部伊予守はとんでもない話をし始めた。

「私どものように幕府のお役に就いておりますす大名が諸藩には、わざと写本が目にも手にも入らぬよう、画策しておるのではございませんかと……」

「なに？」

と、早くも不機嫌な顔になってきた次席老中をなだめるように、伊予守はうなずいて見せた。

「実は私、日頃より懇意にしております他藩にお願いをいたしまして、『百両ほどの用意があるが、どなたか写本を売ってくださる方はおられぬものか』と、あちこちで吹聴してまわっていただきまして……」

「百両とな？」

思わず横で目を丸くしたのは、主座の右近将監である。

「したが伊予どの、貴殿もし誰ぞまことに写本を売る者が出てきたならば、貴藩にて百両、捻出するつもりであろう？　どこの馬の骨とも判らん者が書いた写本一つに、百両はちと多かろうて」

「はい……。国許からもだいぶ反対を喰らいましたが、いざともなれば、自分の費用(かかり)を削るつもりでおりましたので……」

「して、伊予どの。結句、写本のほうはどうだったのだ？」

話の先が聞きたくて、横手からねじ込んできたのは右京大夫である。

「相済みません。それがどうやら、こちらの正体に気づかれてしまったようにてございまして……」

「気づかれた？」

「はい……」

阿部伊予守が「売り手が客を漁(あさ)りそうな場所」として見当(あたり)をつけたのは、留守居組合であった。

「藩政にまつわる文書でございますゆえ、売るならやはり町人ではなく武家狙いで、それも大名家に限りましょう。さすれば、やはり諸藩の留守居あたりを狙いまして、声をかけるのではございませんかと」

「なるほどの……」

　めずらしく右京大夫が素直に感心しているらしい。そうしてすっかり話に乗って、自ら先を読んで、こう言った。

「なれば、伊予どののご懇意がご加入の組合には、売り手が顔を出したということでござるな？」

「はい。どこからか、くだんの百両の話を耳にいたしましたものらしく、三日ほど前にありました定期の組合の会合に、顔を出してまいりましたそうで」

　その留守居組合では、決まって同じ深川の『伊勢屋』という料理屋で会合を開くそうなのだが、三日前いつものようにそこで会合を始めていると、組合に宛ててその店に、突然、文が届いたという。

「『肥後政談』の写本、ご注文うけたまわります。ただいま店前にて、お待ち申し上げております──と、文にはそうあったそうにてございました」

「して、すぐにその場に呼んだという訳か？」

　身を乗り出してきた右京大夫に、「はい」と伊予守はうなずいた。

「『ようやく、うちにも肥後政談の売り手が参ったぞ！』と、皆で喜んだそうにてございますゆえ、やはり他藩も『藩政改革の手本になれば……』と、欲しがってはおるのでございましょう」

さっそく店の者を呼び寄せて、二階にあった会合の座敷まで写本売りを連れてくるよう言いつけたそうなのだが、いざ現れた四十がらみの写本売りの男は、少し胡散臭い風であったらしい。

「髪や着物は『町人の大商人』の造りであったそうなのですが、物腰で『これは間違いなく武家であろう』と判断がつきましたそうで」

「おう。ではどこぞの武士が、己の素性を隠さんとして、町人に化けていたということか」

「はい。おそらくは……」

その藩の留守居役の話によると、売り手の男はたいそう金に汚かったそうで、「写本はすべて手で書き写したものだから、当然ながら人手もかかるし、時間もかかる。とてものこと百両などでは、お売りできるものではない」と、ひどく尊大な様子であったという。

「今、写本は二冊しかないが、他藩に百五十両出すという藩と、二百両まで出せるという藩とがある。二冊のうちの一冊をお売りするなら、やはり百五十両は優に超えていただかないと……」

と、そう言われ、その藩の留守居は「なればいま一度、藩の上司と相談の上で、ご返答いたすゆえ」と、翌々日と返答の期限も約束し、それまでは写本を他に売ってしまわないよう頼んできたという。

「けだし、そうして待たせている間に、売り手がほうもこちらを調べたのでございましょう。私は『二百両、出すゆえ、売っていただきたい』とお答えいたしましたのですが、その返答を待たず、売り手がほうから『このお話はなかったことにしていただきたい』と、断りの文が藩の上屋敷に届けられてきたそうにてございました」

「なれば、その『ご懇意』が伊予どのに連絡を取っているところを、尾行ておったということか……」

右京大夫が先に推理を披露してそう言うと、今度は横から首座の右近将監が、伊予守の答えを待たずに口を出してきた。

「さほどに我ら『幕府の役人』には売りとうない、ということだな」

「はい。そこがまさしく剣呑なのでございまして」

と、めずらしく日頃は控えめな伊予守が、ぐいっと身を乗り出してきた。

「幕閣の我らに知られては困る何かが、書かれているのやもしれませぬ」

「縦し、まことそうだとしたら、捨て置けぬな」

「さようで……」

たかが熊本一藩の藩政改革の話が、たまたま世間の時流に乗って騒がれているだけだろうと、これまでは放っていたが、何やら急にきな臭くなってきたようである。

雨で湿気た御用部屋のなかは、さらに重苦しく、沈黙となるのだった。

「あの……。ちとよろしゅうございましょうか」

と、その沈黙を破って口を開いてきたのは、これまではほとんど何も言わずにいた三番手の老中、松平周防守である。

「もし何でございましたら、目付の妹尾十左衛門に、老中方から諮問の形で、調べさせてはいかがなものかと……」

「おう、周防どの。それだ！」

右京大夫は即座に反応すると、

「右近さま」

と、今度は横の老中首座に向き直った。

「目付方には、あの牧原も出してやっておりまする。十左に牧原が加われば、まさしく『鬼に金棒』というもので、こうした案件とて何の造作もございますまい」

「うむ。なれば、さっそく十左衛門を呼んでくれ」

「はっ。では、ただいま」

返事をして急ぎ腰を浮かせ始めたのは、若年寄方の筆頭である水野壱岐守である。

これまでは「ご老中方々」の前でひたすら聞き役にまわっていたのだが、そもそもが目付方は、若年寄方の支配の下にあるのである。

そうしてそれから小半刻（約三十分）の後には、十左衛門は御用部屋にて、この面妖な「肥後政談についての諮問」を仰せつかったのであった。

二

その晩のことである。

十左衛門は駿河台の自宅屋敷に、くだんの牧原佐久三郎と、義弟の徒目付組頭・橘斗三郎の二人を呼んで、老中方から受けた諮問について話して聞かせていた。

「いやしかし、狙いの客を『留守居組合』に絞って売りつけるあたりが、巧妙でございますが……」

口を開いたのは牧原で、だがそこまで言いさしておいて、どうやら何か考えているようだった。

「ん？　牧原どの、どうしたな？」

十左衛門が顔を覗き込むようにして訊ねると、牧原は、つと目を伏せて難しい顔になった。

「諸藩の留守居が会合する料理屋までを知っていて、そこに臆さず、文まで送りつけるとなると、生半可（なまはんか）な者ではできませぬ。もしやして、誰ぞ『奥右筆方（おくゆうひつかた）』の者でも関わっておるのではございませんかと……」

目付十人のなかでは一番に新参の牧原佐久三郎は、もとはその『奥右筆方』で組頭を務めていた者である。

奥右筆方は、老中や若年寄の執務室である御用部屋から廊下一つ隔てただけのところに詰所を与えられており、老中方や若年寄方から交付される文書の起草や清書をしたり、雑用の坊主（ぼうず）たちには任せられない重大な内容の伝達に走ったりと、つまりは御用部屋付きの秘書として、さまざまに動いている。

なかでも二名きりしかいない組頭は、日々、御用部屋に上げられてくる願書や意見書のすべてに目を通して、必要があれば平（ひら）の奥右筆たちに命じて、老中ら忙しいお歴々が読みやすくなるよう内容の要点をまとめさせもするし、もしその上申に疑問や不審点があれば先立って調査させ、見比べられる先例があったほうがよさそうだと思えば、過去の資料から参考になりそうなものを探させたりもするのである。

そんな重責の奥右筆組頭を長く務めていた牧原であるから、「もし古巣の奥右筆方のなかに、こたびの一件に関わっている者がいたら……」と心配になっているのだろう。

たしかに奥右筆方の者たちは、老中や若年寄たちの秘書役として、幕府の重要案件なども見聞きすることが多々あるから、幕府の内部情報を知りたい諸藩の留守居の者たちからすれば、是非にも「お近づきになりたい」幕府役人なのである。

実際、留守居の者たちは「この御仁なら……」と狙い定めた奥右筆に、金品などの贈り物をしたり、一級の料理屋で接待をしかけたりして、自分たちの留守居組合の顧問のようになってもらおうと画策することも多かったのである。

「組合に出入りしている奥右筆であれば、諸藩の留守居が会合で使う料理屋などにも、自然、詳しゅうなりましょうし……」

「うむ……。したが牧原どの、そうして留守居に狙われる役人なれば、奥右筆のほかにもおるであろう。まずは『坊主』の類い（たぐ）なども十分に狙われようて」

十左衛門の言った「坊主」というのは、二名の『同朋頭』（どうぼうがしら）を長官とした『同朋』や『表坊主』ら二百五十名ほどの者たちのことである。

この坊主たちは、いわば本丸御殿付きの執事のようなもので、城勤めの諸役人の雑用を請け負ったり、御殿内の清掃や調度品の管理をしたり、儀式や所用で登城してきた大名や旗本の世話をして、所定の部屋に案内したり、着替えや食事の手配をつけたりと、忙しく雑役全般をこなしている。

ことに同朋頭をはじめとする同朋たちや、「御用部屋坊主」と呼ばれる御用部屋付きの表坊主たちは、日々御用部屋の近くにいて、老中方や若年寄方から言いつかったさまざまな雑用をこなしているため、奥右筆方の者らと同様、幕府の重要事項に触れる機会も多かった。

つまりは「幕府の内情に通じている役人」として、諸藩の留守居たちから目を付けられる存在だということだった。

「まあどのみち『売り手の正体を摑む』となれば、伊勢屋がような留守居ら行きつけの店の前で張り込んで、あとを尾行けるよりほかなかろうが……」

「はい……」

十左衛門の話に答えて牧原がうなずいていると、これまでずっと黙って控えていた斗三郎が、横手から言ってきた。

「どうも、よう判らないのでございますが……」

「ん？」

振り返ってきた義兄の十左衛門に、斗三郎はこう言った。

「もとより『肥後政談』なるものの正体を知らぬからではございましょうが、何ゆえかように騒ぎ立てるものかが、やはりよう判りませぬ。第一、もし売り手が申すのが本当（まこと）であれば、写本一つに百五十両だ、二百両だと出す訳で、ようも内容（なかみ）が判らぬものに金を出すものだと……」

「うむ……。まあ諸藩のお大名家については、正直、儂もさようには思うがな……」

実際それが有用か否か、まだ中身が判らぬものに、何ゆえこうも諸大名家が興味を示すのか、ピンとこないところはある。

すると横から牧原が、少しく「ご筆頭」に気を遣いながら言い始めた。

「実は一時、もう五、六年は前のことにてございますのですが、『どうやら肥後が息を吹き返してきたらしい』などといわれて、諸藩の留守居たちの間で話題になっていた時期があったようにございまして……」

「息を吹き返した？」

「はい……」

外様の大藩である熊本藩は石高・五十四万石であり、良いにつけ悪いにつけ、諸藩が何かと注目する藩ではある。

その熊本藩が「どうやら洒落にならないほど困窮しているらしい」と、諸藩の間で噂になり始めたのは、八代・吉宗公の御世の頃だったという。

熊本藩の藩主は細川家であったが、「何でも四十万両もの借金があるらしい」と噂されていた時期には、

「鍋釜の金気を落とすに水は要らぬ。ただ『細川』と記した紙を貼ればよい」

などと落首（詠み人知らずの社会風刺）のごときものまで作られて、揶揄されていたそうだった。

「それが、細川越中守重賢公が六代目藩主になられましてからというもの、質素倹約に努められ、借財も残り少なになられましたそうで」

「いや、それは……」

熊本藩の昔を語る牧原の話に、十左衛門はつい口を挟まずにはいられなくなっていた。

「『吉宗公の御世』と申せば、まだ五十年と経たないぞ。いくら大藩とはいえ、四十万両もの借財を、質素倹約のみで片づけられる訳もなかろうて」

「いやまこと、まさしく『そこ』なのでございまして」

と、めずらしくも牧原が、一膝前にせり出してきた。

「五、六年前、当時、奥右筆方でもだいぶ話題になったのでございますが、ご筆頭の申されるよう、倹約のみで四十万両もの借金を返すのは、どう考えても無理だろうという話になりまして……」

細川さまは、何ぞ思いきったご改革をなすったに違いない。けだし藩の内状について世間にあれこれ知られたくはないはずだから、「質素倹約」とのみ世間には謳って、貧乏の汚名を返上なさろうとしたのであろう。

「何ぞ特産物にでも力を入れたか、新規に田畑でも拓いたか、いずれにしても六代目藩主であられる重賢公は名君に違いないと、皆でさように……」

「なるほどの……。されば諸藩も同様に、『熊本藩が借財を減らしたこと』について、興味しんしん、実際はどんな改革をしたものかと気になっていたという訳か」

「はい。おそらくは……」

そうした背景があったから、誰が書いたものかは判らないが『肥後政談』などという文書が書かれて、その写本というのが世間で騒がれているのであろう。

昨今は正直なところ、内情よろしからざる藩が多いだろうから、熊本藩の立ち直りの仕方に、「何ぞ自藩でも使える政策があれば……！」と期待して、写本を手に入れようとしているのかもしれなかった。

「いや、牧原どの。話が聞けて助かったぞ。これでようやく、こたびの全容が見えてきた」

まことさすがに『奥右筆組頭』として、老中や若年寄の秘書をしていた人物である。目付方にとって「大名家」はどうしても、「よほどの事件がないかぎり手は出せない」支配の外にあるものだから、今や昔の熊本藩のあれこれも、十左衛門自身はまったく知らずにいたのである。

すると義弟の橘斗三郎も、さっきとはまるで変ったさっぱりとした顔つきで、こう言ってきた。

「なれば、その細川さまのご改革についてを『勝手に書き起こした者は何者か』ということと、『その書き手と写本の売り手が、同じ人物(もの)であるのか否か』も調べねばなりませんね」

「うむ……。そうして何より、とにかく知らねばならぬのが、『肥後政談』の内容(なかみ)ということか……」

「はい……」

と、斗三郎より先に返事をしてきたのは、牧原である。

「上つ方の皆さまがお考えの通り、まこと『幕府に弓引く』内容であるかどうかを、是非にも読んで確かめないことには……」

「さようさな」

十左衛門の横では、斗三郎も神妙な顔でうなずいている。

まずは写本の売り手が誰なのかを特定するため、明日よりの調査の手配りについて、三人は話し始めるのだった。

三

伊予守の話にも出てきた通り、留守居組合の会合場所としてよく使われているのは、江戸市中にある高級な料理屋である。

どこにでもある安手の喰い物屋とは違って、一級の料理屋には、離れや二階などに人目を忍んで使うことのできる個別の座敷が作られており、留守居たちはそうした奥座敷を借りて会合を持つことが多かった。

事情通の牧原が、まずは目をつけたのが五軒ほど。話にも出た『伊勢屋』のほかにもう一軒、深川の富岡八幡宮のそばにあるのが『松本（まつもと）』という有名な料理茶屋であった。

さらに深川には、洲崎のほうにも『升屋』という料理屋があり、これで三軒。

ほかには日本橋の室町に二軒ほど、『清川』と『京屋』というのが、留守居たちには人気があるそうだった。

まずはこの五軒に絞って、それぞれに配下の者らを配置して、諸藩の留守居らしい風体の男たちが出入りするか否かを確かめさせるところから始まった。

諸藩の留守居たちのようないわゆる「陪臣」たちが、通常、正装として身に着けているのは、幕臣の「裃」とは違い、「羽織袴」である。

おまけに留守居の者たちは、それぞれに「藩の顔」としての自負を持って動いているから、そこらにうろついている普通の陪臣たちとは違い、同じ羽織袴の姿であっても、髪から草履の爪先までピシリと小綺麗に整えているのだ。

そうした男たちが幾人も、同じ頃合いに店に入ってくるようなら、留守居組合の会合である可能性が高い。

留守居どうし飲み喰いしながら親睦を図り、何でもすぐに情報交換できるようにするのが大きな目的の一つだから、必定、留守居組合の会合は夕刻から夜にかけて行われることが多く、事実、『伊勢屋』や『松本』でも、『升屋』や『清川』や『京屋』

でも、牧原の読み通り、留守居は集まっていたようだった。

だが一方、肝心の「写本売り」のほうはといえば、風体に決め手がない。

老中の阿部伊予守の話を信じれば、写本売りは「大商人」のごとき風体であったという。

そうしたいわゆる「大店の主人」風の人物なら、商談やら同業者の集まりやらで、値の張る料理屋に出入りするのも当たり前で、目付方の目利きの配下たちがどれだけ料理屋の入口に目を光らせていても、写本売りが来ているのかどうかなど、判別はつかないというのが実際である。

一計を案じた斗三郎は、十左衛門の許可を得た上で、一軒について七、八人ほどにも見張りの人数を増やし、「四十がらみの大商人」と見える男については、すべて後を尾行けて正体を確かめるよう、皆に命じたのだった。

その配下たちの苦労がようやくに報われたのは、実に一月あまりも過ぎてからのことである。

洲崎の升屋から一人で出てきた四十がらみの商人が、見るからに妙な動きを見せてくれたのだ。

「いや、義兄上、とうとう妙な輩が現れましたぞ」

報告に来た目付方の下部屋で、つい「義兄上」と軽口を出したのは、橘斗三郎である。

いつもなら城内にいる際には、必ず二人きりしかいない時でも「ご筆頭」と呼んでいるのだが、今は牧原も一緒だというのに、つい口から「義兄上」が飛び出してしまい、十左衛門の横で笑顔になっている牧原に「場をわきまえず、申し訳ございません」と、小さく頭を下げている。

つまりはようやく「妙な輩が出てきてくれた」ことが、それくらい嬉しかったということだった。

「して、どう『妙』であったのだ?」

さっそく話に身を乗り出してきた十左衛門と牧原に、斗三郎は話し始めた。

「昨日、洲崎の升屋から、一人で出てきた男なのでございますが……」

大店の主人風に、値の張りそうな着物と羽織とを身に着けたその男が、升屋から出てきたのは、日が暮れてしばらくしてからのことだったという。

男は升屋のあった洲崎から、深川八幡の参道になっている長い門前町を大川（墨田川）まで抜けると、永代橋を渡り、対岸の新堀町に出たという。

　そうして今度は堀川沿いに小網町（こあみちょう）、小舟町（こぶなちょう）と歩き抜き、堀留町（ほりどめちょう）に出た。

「その堀留町で、つと水茶屋（みずぢゃや）に立ち寄りますと、奥を借りたか、着替えてまいりましたそうで……」

「なに？　着替えた？」

「はい。商人風の『着物に羽織』の姿から、武家の『着流し』に着替えて出てきたそうで、頭のほうは頭巾（ずきん）を被（かぶ）り、隠していたそうにてございました」

「ではやはり、伊予守さまのお話の通り……」

　横手からそう言ってきた牧原に十左衛門は大きくうなずいて見せると、さっそくに義弟をせっついた。

「して斗三郎、その『着流し』、あとはどうした？」

「はい……」

　いかにも嬉しげに目をらんらんとさせている義兄の様子に微笑（ほほえ）みながら、斗三郎は先を続けた。

「堀留町の水茶屋を出てからは、ただもう北へ北へと歩きまして、大伝馬町（おおてんまちょう）から鉄砲町（てっぽうちょう）、紺屋町（こんやちょう）と抜けて、その先にある武家町の屋敷の一軒に入っていきましたそうで」

「『紺屋の先の武家町』というと、城の坊主たちも多く住む、あの神田の武家地か？」

「はい。ご推察の通り、『表坊主・小関了賢』が屋敷にてごさました」

「おう、坊主であったか……」

やはり最初に「奥右筆か、坊主か」とにらんだ通り、写本売りは城の表坊主であったということである。

「『小関了賢』につきましては、今も引き続き、調べを進めている最中でございますが、小関のほかにも売り手に仲間がおるやもしれませんので、料理屋の見張りについても、いまだ続けておりまする」

「うむ。苦労をかけるが、よろしゅう頼むと、皆に伝えてくれ」

「心得ましてござりまする。では……」

そう言って斗三郎は、さっそく配下たちの指揮に戻っていき、下部屋には十左衛門と牧原だけが残された。

「…………」

見れば牧原は心なしか、ほっとしたような表情になっている。

おそらくは写本売りが坊主と判り、「奥右筆方の者ではなくて、安堵した」というのが本音であろう。

だが目付は、公平公正が旨である。犯罪に関わっているかもしれない者が、自分の知己である奥右筆方の者たちではなく、見ず知らずの表坊主だったとしても、それを剝き出しに口に出して喜んでしまってはいけないのだ。

牧原も、それは判っているのだろう。

何も言わずにいる牧原を、十左衛門も何も言わず、そっと見守るのだった。

四

だがそんな牧原の思いは、少しく裏切られたようだった。

あの後から斗三郎は数名の配下とともに、「小関了賢」の周辺や動向について詳細に調べ始めたのであったが、なんと洲崎の升屋に出入りしていた写本売りは、小関了賢当人ではなく部屋住みの弟で、その弟の仲間らしき者に「奥右筆の次男坊」がいたというのだ。

「小関家のほうの部屋住みは、名を『小関孝蔵（こうぞう）』と申しまして、当年とって四十一歳だそうにございます。対して、奥右筆の家の部屋住みは『鮎川峰二郎（あゆかわみねじろう）』、こちらは歳（とし）が随分と若うございまして、二十二歳にてございました」

今ここは十左衛門の駿河台の屋敷で、十左衛門は牧原とともに、斗三郎からの報告を聞き始めたばかりである。

だが今日、妹尾家の屋敷に集まっているのは、十左衛門、牧原、斗三郎の三人だけではなくて、徒目付の本間柊次郎も加わっていた。

「その鮎川峰二郎にてございますが……」

斗三郎に続いて報告を始めたのは、本間柊次郎である。

本間は、徒目付たちの「お頭」である徒目付組頭・橘斗三郎の命を受けて、数人の配下を従えて鮎川の動向を追っているところで、今はもう鮎川が小石川にある自宅屋敷に戻っているので、念のため見張りを配下に任せた上で、自分はここに報告に来たのであった。

「峰二郎の父親は『鮎川一之進』と申しまして、歳は今年で四十八。嫡男で峰二郎には兄にあたります『秀一郎』というのが二十三で、こちらはすでに『表右筆』の見習いとして、出仕しているそうにてございました」

「ほう……。長男とはわずかに一つしか違わぬようだが、次男の峰二郎というほうは、右筆の見習いにはなれなかったか」

十左衛門がそう言うと、それには横で牧原が答えてきた。

「右筆の家の者は、代々『右筆』に就きまして、あまり他役へは動かぬものでございますから、必定、次男や三男に右筆の席は空きませぬ。親のいるうちに見習いに上げて右筆といたしますのは、嫡男のみでござりまする」

「なるほどの……」

　たった一つの歳の差で出仕ができぬ峰二郎を気の毒に思っていると、前で本間が、報告の続きをし始めた。

「その峰二郎にてございますが、日中の間、毎日欠かさず通っている『しもた屋』がございまして……」

「しもた屋とな？」

「はい。神田三島町（みしまちょう）の裏手にある古びたしもた屋にてございますが、ここにくだんの鮎川峰二郎ばかりではなく、さまざまに男ばかりが毎日通ってまいりますので」

　鮎川のようにきちんと袴を穿（は）いて通ってくる「旗本の子弟」風の男たちもいれば、見るからに浪人者であろうと見える五十がらみの男までいたという。

「鮎川だけは、ほぼ毎日通ってまいりますが、ほかの者らはさまざまでございます。一日に二、三人しか集まらぬ日もあれば、十七、八人ほども集まることもございまして……」

「『小関』はどうだ？　ここへは来ぬか？」

「いえ。ごくたまにではございますが、ふらりと一人で入っていく時がございます。けだし小関は長居せず、小半刻と経たぬうち、すぐに出てまいりますが……」

「さようか……」

うなずいて、十左衛門が沈思し始めると、今度は横で牧原が言い出した。

「百両だ、二百両だと、本当に金になるのであれば、小関が写本を作らせぬはずはございません。『肥後政談』なるものがどれほどの長さか判りませんが、いずれにしても写本はめっぽう手がかかるはずでございますから、一人が一冊という訳ではなく、大勢で写しているのではございませんかと……」

「うむ。なれば、やはり、その屋内か？」

「はい……」

そのしもた屋のなかで、大勢の手によって写本が書き写されているのだとすれば、本間が調べてきてくれたあれこれも合致する。

「おそらく真面目な鮎川だけが毎日通って書き続け、あとはポツポツ、気の向いた奴が好きに通って、一緒に書いておるのであろうな。小関は『売る』が専門ゆえ、皆がさぼっておらぬか、確かめに来ておるのやもしれぬ」

「はい。そのあたりかと……」

十左衛門に答えて牧原がそう言うと、つと横手から、本間柊次郎が立ち上がりながら言ってきた。

「なれば、私、これよりまた神田三島町に戻りまして、屋内で写本をしている証拠が摑めぬものか、見張ってまいりまする」

「まあ待て、柊次郎。もう程なく夕飯もできよう。喰うていけ」

「はい……。ですが……」

目付二人に加えて「お頭」の斗三郎までが一緒なため、本間は遠慮しているらしい。

すると、その「お頭」が、本間をぐいっと座らせてこう言った。

「おまえがここにて飯を喰うてから戻れば、他の配下らと交代して、飯を喰わせに出してやることができるではないか。喰うていけ」

「……ふっ……」

と、横でいきなり笑みを漏らしたのは、牧原である。

「ん？　どうしたな？」

十左衛門に訊かれて、牧原は笑いながらこう言った。

「今の橘の『喰うていけ』が、あまりにご筆頭の『喰うていけ』と、似ていたものでございますから……」

牧原がそう言うと、本間までもが遠慮がちに口を押さえた。

「…………」

「…………」

口をへの字に曲げて、互いに顔を見合わせているのは、十左衛門と斗三郎である。

そんな義兄弟の様子に、牧原と本間はさらに笑みを広げるのだった。

五

寺社奉行の久世大和守広明から、目付筆頭の十左衛門に宛てて使いが来たのは、それから数日後のことであった。

使いの者の話によれば、今朝のまだ夜明け前、上野にある寛永寺の末寺に「暴漢」といえる七、八人ほどの男たちが押し入ってきて、あれよあれよという間に屋根の瓦を壊したり、塀や門扉の金具などを壊したりして、引き揚げていったというのだ。

「その後始末のために、今日は一日、寺におるゆえ、足労をかけるが、暇を見つけて顔を出して欲しい」

と、大和守はそう言ったそうで、十左衛門は、今日が当番の荻生朔之助とともに、急ぎ上野へと馬を走らせた。

久世大和守はあくまでも筆頭の十左衛門に来て欲しいと言ったのだから、普通であれば、当番目付までが同行する必要はない。

だが実は壊された飾り瓦や門扉の金具などが、すべて「葵の御紋」入りのものだったと聞かされて、長く上様の側近をしていた荻生は怒り心頭、「恐れ多くも上様の御紋を汚すなど、けしからん！」と、この案件の担当を自ら志望して、こうして十左衛門とともに現場に駆けつける次第となったのである。

いざ上野の寛永寺に到着し、数多ある末寺末院のなかから、久世大和守に指定された「永徳寺」を探して歩いていると、どうやら被害を受けたのは永徳寺ばかりではなかったらしく、他の幾つもの寺の境内も荒らされている。

「いや、荻生どの。ザッと見ただけでも、この寺で五軒目だ。縦しまこと、これが幕府への反旗としてなされたものならば、これは忌々しき事態でござるぞ」

「はい……。この一件、心してお預かりいたしまする」

見れば、荻生はすでに怒りは通り越したものか、緊迫した事態に少しく青白い顔になっている。

はたして七軒目の被害の寺の境内で、ようやく久世大和守の姿を見つけて、十左衛門は荻生を連れて駆け寄っていった。

「大和守さま」

「おう、妹尾どの！　来てくれたか」

「はい。お待たせをいたしまして、まことに申し訳ございませぬ」

「いやいや……」

　今年四十になったか否かというあたりのこの久世大和守広明は、四名いる寺社奉行のなかでも、ことに「切れ者」と評判の高い御仁である。

　寺社奉行の職は、徳川譜代十万石以下の大名たちのなかから選ばれるものだから、久世大和守もそうした大名の一人で、下総関宿藩・五万八千石の藩主であった。

　だがこの大和守は、「将来はおそらく御用部屋の、それも上のほうであろう」とまで噂をされる評判の大名であるにも拘わらず、明るくてざっくばらんな人好きのする性格なのである。

　今も十左衛門ら二人を自ら案内して、現場を見せてくれていた。

「ひどかろう？　どこもまあ、この有り様だ」

　そう言って大和守が指差す先には、延々と叩き壊された塀の小屋根が続いている。小屋根には、小ぶりだが見るからに上等な瓦が使われており、等間隔に葵の御紋の入った飾り瓦が並べられていたようだった。

その瓦のほとんどが、今は無残に叩き割られて、白壁の足元に散らばっている。

地面に散らばる瓦を足蹴にしないよう気をつけて歩きながら、十左衛門は前を歩く大和守の背中に話しかけた。

「実は今こちらにうかがいます前に、永徳寺を探して他の寺の門前も覗いたのでございますが、見ただけでザッと七軒ほどは壊されておりましたようで……」

「おう、見てくれたか。なれば話が早い。全部で都合、九軒がところもやられておるのだ」

そう言いながら振り向いてきた大和守が、「……？」という顔をした。

大和守の視線は、後について歩いていた十左衛門の、さらに後ろに釘付けになっている。

釣られて十左衛門も振り返ってみると、すぐ後ろについていたはずの荻生朔之助が、だいぶ遅れたところに屈(かが)み込んでいて、御紋のついた瓦を大事そうに拾い上げ、手で土を払って清めていた。

「妹尾どの、あの御仁もたしか……」

「はい。以前は小納戸をいたしておりました、荻生朔之助でござりまする。こたびはあの者が目付として『是非に！』と申すものですから、この一件の担当をば任せることにいたしました。後ほど改めてご挨拶をと思うておりまして、ご無礼をばいたしました」

「いや、それは構わんのだが……」

と、大和守の視線は、まだ荻生に向いている。

「やはり側近を務めていた者には、ああしたものは堪らんのであろうな」

「はい……」

他に壊された八軒も大和守とともに見てまわり、もとの永徳寺に戻って住職から座敷を借りると、三人は余人を入れず話し始めた。

すでに荻生も正式に「大和守さま」にご挨拶を済ませ、話は今さっき見てきたばかりの惨状について進んでいる。

壊されていたのは瓦ばかりではなく、御紋に金を施した重厚な門扉の金具や、本堂に垂らされた錦の幕に刺繍された金糸の御紋までが、あちこちの寺で破られている。

暴漢たちを止めようとして立ち向かった僧侶や寺男たちのなかには、軽いが怪我をさせられた者まで出ているという話であった。

「いやな、実を申せば、こうして御紋が壊される寺が出たのは、これが初めてではないのだ」

「えっ？　大和守さま、それは何処（どこ）でございますので？」

とたんに目を険しくした荻生に、だが大和守はなぜか苦笑いで「いやいや」という風に、手を横に振って見せてきた。

「小石川にある二つの寺だが、実はあちらは永徳寺（こちら）とは違い、幕府としては『壊されて好都合』であったのさ」

「…………！」

正直にムッとした顔が出た荻生朔之助に、大和守は、あわてて「好都合」の理由を話し始めた。

「いやな、小石川が二つのほうは、幕府に何の許可（ゆるし）も得ずに葵の御紋を使っておった、いわゆる『もぐり』の寺でござってな」

「『もぐり』でございますか？」

「さよう、さよう……」

目を丸くしてきた荻生にホッとしたのか、大和守は大きく何度もうなずいている。

そも葵の御紋を、幕府の許可がなければ使えなくなったのは、享保八年（一七二三）からであった。

『葵御紋統制令』と称して、御紋のついた衣服や諸道具、屋根の飾り瓦など、幕府が正式に認めていないものに関しては、いっさいの使用が禁止となったのである。

「どうもそのまた昔などは、江戸の土産の饅頭だの、扇だのにも、平気で御紋が使われておったそうでな。勤番で江戸に来た諸藩の陪臣などは、喜んで江戸の土産に買うて帰っていたらしい」

「いや、これはまた……。御紋とは、さようなものにございましたのですか……」

大和守の話に驚いて十左衛門が思わず口を挟むと、目付二人が話に乗ってきたのが満足なのか、大和守はいよいよ機嫌よく、話の先を進めてきた。

「そうして禁令が出たという訳だが、町場の土産物とは違い、寺の御紋使いは何かと禁ずるのが難しゅうてな。『これはもう明らかに、幕府とは何の縁もあるまい』と思う寺でも、いっこう言うことを聞かぬ。仕方なく儂ら奉行が訪ねていって、御紋を引き下げるよう話して聞かせても、ああだこうだと、いかにも胡散臭い古手の縁を言い立てて、御紋を引き下げぬのだ」

小石川の二寺というのも、まさしくそんな寺の一つであったから、寺社奉行としては、まことにもって好都合であったという訳である。

「いや正直、誰ぞ『寺社方』の者が業を煮やして、強制的に御紋を禁じたのではなかろうかと、奉行四人で話しておったほどでな」

「さようでございましたか……」

初めて耳にする話に、十左衛門が大きくうなずいていると、横で鋭く、荻生が話を戻してきた。

「されど、こたび永徳寺で起こりました暴動につきましては、まことに御紋の冒瀆にてございましょうゆえ」

「おう、さよう、さよう。つい小石川に話が流れたが……」

万事に如才ない大和守は、職格も下で、年齢もかなり下の荻生に言い立てられても、腹など立たないものらしい。

その久世大和守に加勢して、

「大和守さま」

と、十左衛門は自分も話を進めて、こう言った。

「我ら目付方がご用命を得ましたということは、やはり暴漢の者らのなかに『旗本や御家人らしき』がおりましたということで？」

「いや、妹尾どの。まさしくそこよ……」

寛永寺末寺の者たちの話によれば、暴漢が寺の境内に乱入してきたのは、夜明け前のまだ暗い時刻のこと。

外から門扉をガタガタと、何やらやっている音がしたため、寺男が潜り戸を開けて出ていくと、七、八人ほどの老若混ざった男たちが門前にいて、門扉の金具を叩き潰しているところだったという。

「寺男は、寺内に向かって声を出す暇もなく、猿ぐつわを嚙まされたそうでな。そのまま縛られて転がされ、その間に男どもは潜りを抜けて、境内に入ってきたらしい」

「なれば人目につかぬよう、おとなしくしでかした訳ではなしに、まるで押し込みの強盗のごとくという訳で……？」

十左衛門が確かめるように訊き返すと、

「さよう」

と、大和守もうなずいて、いよいよ本題に入ってきた。

「境内に入ってからも派手に壊しておったゆえ、すぐに住職や小坊主たちも気がついたらしゅうてな。外に出て、あわてて止めようとしたそうなのだが、その時に十四、五とおぼしき子供の武士がいたそうで、それがまだ前髪のある袴姿だったというのだ」

「なれば、旗本家の子弟ということで……？」

「うむ。住職は、そう見たようだ」

男たちを止めながら、小坊主たちに怪我がないかと気にしながらであったため、正確な人数も顔ぶれも判らないそうだが、数が七、八人ほどであったことと、旗本家の子息らしい品のいい子供がいたこと、五十がらみの年嵩の男や、着流しや袴姿がいたことなど、住職と寺男、小坊主たちとで、思い出せるかぎりを話してくれたらしい。

「して、他の寺のほうは？」

横手から訊ねてきた荻生朔之助に、大和守は向き直って答えた。

「最初に永徳寺が襲われていた際、皆『何か騒がしい』とは思うたそうだが、まさかようなことになっていたとは思わなんだらしい。実際いくらもせぬうちに、壊すだけ壊して出ていったそうだから、『騒がしい』とは申しても、さして気にもならなかったのやもしれぬ」

だがそうして気にもしなかった他所の寺にも、次々と暴漢たちは押し込んでいったという。

手口はどこも同じことで、門扉を傷めつけている音で寺男や小坊主を誘い出し、それを縛って、潜り戸から境内に入るというやり方である。

あくまでも寺の正門は閉まっているわけだから、通りの外からは、まさか寺内が暴漢に襲われているなどとは思えない。

そうして九軒、次々に襲い、日が白々と明け始めたのを契機に、暴漢たちはどこへか帰っていったそうだった。

「幸いにして、さしたる怪我人は出なかったゆえ、それだけが救いというところだが、暴漢の男どもが、旗本だの、浪人だのと、寺社方の支配違いばかりゆえ、面倒な調べにはなろう。荻生どの、よしなに頼むぞ」

「ははっ」

大和守に平伏した荻生の横では、十左衛門も改めて「大和守さま」に頭を下げている。

この寺の案件は切れ者の大和守と、「御紋を汚すなど許さぬ」と奮起する荻生とが、がっちりと手を組んで調べていってくれることであろうが、こちらにしても、『肥後政談』の一件にしても、何やらきな臭い事件ばかりが引き続いている。

そのきな臭さと胡散臭さに、何やら同じ臭いを感じて、十左衛門は平伏したまま顔を歪めるのだった。

六

一方で、神田三島町の「しもた屋」の捜査は悶々として、行き詰まっていた。

見張りを続けてすでに幾日も経っているゆえ、鮎川峰二郎や小関孝蔵だけではなくて、しもた屋に出入りしている男たちについては、その時々でていねいに尾行して、名と住処、身分や家族の有り無しまでは、すべて判明させてある。

だがどうにも困るのは、連中がしもた屋のなかで、実際に写本作りをしているのか否かが判らないことで、それがはっきりと判らぬうちは、写本売りの小関孝蔵の仲間だと断定することもできない。

今も本間は数名の配下たちとともに、しもた屋の出入り口を見張っていたが、今日は自分たちの他にも、牧原と斗三郎が顔を出してきて、皆で遠くからじっと見つめていた。

「やっ、誰やら出てまいりました」

本間が小さくそう言って、皆でいよいよ物陰に身をひそめると、鮎川が五十がらみの浪人風の男と揉めながら、外に出てきた。

遠いため言葉の粒までは聞き取れないが、何かさかんに、激しく言い合っているのは判る。

どうやらどこかへ行こうとしている男を、鮎川が止めているらしく、腕を掴んできた鮎川の手を、男が怒って乱暴に振りほどいている。

その拍子に鮎川が、ひ弱な様子で地べたに倒れ込んだのを、男が馬鹿にして嗤（わら）ったようだった。

「おっ、牧原さま。どうやら掴み合いになりますようで……」

「ああ」

斗三郎と牧原が話している間にも、怒った鮎川が五十男に立ち向かい、胸倉を掴み始めた。

だが鮎川は、どうやらただ胸倉を掴んでいる訳ではないらしい。男の懐（ふところ）に必死で手を突っ込んで、おそらくは、何かを取ろうとしているのだ。

「あっ！」

と、本間が声を上げたのと、男の懐からたぶん写本であろうと思えるものがバサリと地面に落ちたのとが、一緒であった。

「……え？」

「牧原さま！」

驚いて目を見開いているのは、斗三郎と本間である。

それもそのはず、牧原が落ちた写本をめがけて、駆け出しているのだ。

「やっ、お頭、どうすれば？」

「仕方ない。捕まえてしまえ」

「はっ」

牧原のあとを追い、斗三郎や本間だけではなく、数名いた配下も皆で駆け出したが、間一髪（かんいっぱつ）、その先で牧原佐久三郎は、見事に写本を拾い上げていた。

「おい！　あんた、何をする！」

男が怒鳴ってそう言って、鮎川も男と揉めている場合じゃないのに気がついたか、二人で牧原から写本を取り戻しにかかってきた。

その「牧原さま」を助けて、斗三郎や本間ら配下の者たちが、男と鮎川とを取り押さえた。

「幕府目付、牧原佐久三郎頼健（よりきよ）である。役儀によって、この写本は没収いたす。さよう心得よ」

「…………！」

牧原の突然の名乗りに仰天していたのは、男と鮎川ばかりではなかったが、こうなった上は、この二名だけではなく、今しもた屋にいる全員を取り押さえてしまわねばならない。

「柊次郎！　踏み込むぞ！」

「はっ」

「よし。私も参ろう」

牧原までが斗三郎に呼応して、しもた屋のなかに入っていく。

そうして半刻の後には、なかで写本を続けていた四名の男たちも無事捕まえて、とりあえず一番近くの辻番所まで引き立てていったのであった。

七

「いや、正直、まことにもって驚きました……」

「そうか。そうであろうな……。いや、すまぬ」

話しているのは斗三郎と、牧原である。

今、二人はこの急変した事態の報告をするため、目付方の下部屋に「ご筆頭」を呼んで連れてきていた。

すでにあらかたの経緯を聞いた十左衛門が、最後に一人で大笑いをし始めたので、そんな義兄を前にして、斗三郎は少々ふくれている。

今さらながらに、自分のした行動が通常の捜査や捕縛の手順とは大きく違っていたことを、牧原は理解したらしい。

いつも通りの真面目で控えめな性格が全面に出てきて、一人で赤くなっていた。

「いやしかし、こうして何だかんだで写本を手に入れてくれたゆえ、全容が判ったのだ。荒療治だが、まあ、結果は悪くない。牧原どの、さように気にせんでもよろしかろうて」

「……申し訳ござりませぬ……」

牧原がとっさに飛び出していってしまったのは、相手が「写本(ほん)」だからだったのであろう。

あの写本の内容(なかみ)を見てみないことには、この一件の解決はない。あそこに落ちたあの写本を、どうあっても手に入れねばならぬと、本のことばかりで、おそらく頭がいっぱいであったのだ。

まだ十代の若い頃から『右筆方』で、何の仕事をこなすにも、まずは書き物を調べて、その書き物を武器にして暮らしてきた男であるから、落ちた写本に夢中で駆け寄っていったに違いない。

そんな癖のある牧原が、十左衛門は目付筆頭として、好ましく頼もしかった。

「して、牧原さま。結句、『肥後政談』と申しますのは、いかがなものでございましたか？　御用部屋の皆さまがご案じのように、やはり危のうございますので？」

興味津々で訊いてきたのは、斗三郎である。

実はあのしもた屋には、まともに読めるほどに出来上がった写本は一冊もなく、男が持ち逃げしようとした写本も、間の抜けたいい加減な代物であった。

あの五十男は、写本が百両にも二百両にもなると知り、これまでずっとわずかな手間賃で小関に働かされていたのに腹を立てて、まだ不完全ながらも写本を売り払って金にしようと、出ていったところであったのだ。

それを真面目な鮎川が何とか引き留めようとして、ああして揉め事になっていたそうだった。

あの時、しもた屋に乗り込んで、目付方が手に入れたのは、『肥後政談』の本物であった。

『肥後政談』は、さして分厚い文書ではなかったが、文章の書きようと字体にとんでもなく癖があり、最初に目を通しかけた十左衛門が十行ほどを読んで、露骨に顔をしかめたほどである。

それゆえそのまま牧原に丸投げにされて、今はまだ牧原だけが目を通した形になっていた。

「結果をいえば、幕府に弓引くものではございません。けだし御用部屋の皆さまは、これをどう取られるか……」

「…………？」

意味が判らず見つめてきた十左衛門と斗三郎に、牧原は説明し始めた。

「細川さまが熊本藩で断行なさいましたのは、『古き太枝を断ち切って、新しき芽を育てる』がような、いわゆる藩政の改変が支柱でございまして……」

家督を継いでいた長兄が急死し、その跡を継いで「細川越中守重賢」が二十六歳で藩主となった時には、熊本藩は「金気が引く」と揶揄されるような貧乏藩であった。

だがその原因の大きなものは、先々代にあたる重賢の父親の代に蔓延した「藩の浪費癖」にあったのである。

その浪費癖を何とかせねばならないと、重賢が藩の家老たちの反対を押し切って断行したのが、『大奉行制』であったという。

重賢は藩校で優秀な成績をおさめた者を、各部署の「奉行」として起用して、そうした者のなかから一名、ことに行政官として出来のよい人物を、藩主・重賢が自らの目で選んで「大奉行」を名乗らせ、その大奉行を中心に、六人の奉行たちが合議制で行政を行うという、画期的なものであった。

だがむろん熊本藩にも、古来よりの譜代重鎮家臣たちは存在する。

重賢は、この家老たちに憎まれながらも、一部の人事権のみ与えることで我慢をさせて、具体的な行政には関わらせないようにしたというのだ。

「ほう……。これはまた、手厳しい……」

思わず本音が口を突いて出たが、そんな十左衛門に、牧原も同感のようだった。

「これはあくまで熊本藩の一事例で、改革を断行なさいましたのも、他でもない藩主の重賢公でございますから、経済も安定したのやもしれませぬ。ですが幕府は複雑にてございますから、これをこのまま当てはめようといたしましても、どうなるものでもございませんかと……」

「さようさな……」

それでもこの『肥後政談』を目にすれば、御用部屋の上つ方は、まるで自分たちが「古くて要らぬ太枝だ」と言われたような気がして、気分を害するに違いない。

ことに次席老中の右京大夫などは、元来の短気も手伝って、激しく怒り出すに決まっていた。

「これをこのまま上つ方の皆さまにお見せして、肥後の細川さまが要らぬ難儀をお受けにならねばよいのでございますが……」

「うむ……」

『肥後政談』の中身を聞いて、まず一番に十左衛門の頭に浮かんだことも、「そこ」であった。

捕まえた小関の話によれば、『肥後政談』の作者は熊本藩の元藩士で、藩主・重賢公を信奉しきって、主君の自慢にあの文書を書きまとめたものらしい。

その後、作者は歳経たこともあって隠居をし、昔に一度、主君について参勤交代で住んでいた江戸を懐かしみ、再び江戸に出てきたそうである。

そこで小関と知り合って酒食をともにする仲となり、自藩の主君の自慢に『肥後政談』を読ませたところ、「これは素晴らしい。私が塾を作るから、是非そこで皆に教授して欲しい。ついては写本を拵(こしら)えるから、『肥後政談』を預けてくれ」とそう言われて、結句、小関の持ち物のようになっていた。

だが、その『肥後政談』の作者も、昨年、江戸で亡くなったそうである。

そうして晴れて『肥後政談』を自由にできるようになった小関が、諸藩の留守居を相手に金儲けをしようと、画策したという訳だった。

「『肥後政談』の作者が存命で、本気で幕府にもこれを勧めようとしたならば、上つ方の怒りは当然のごとく、作者や小関に向けられたことにてございましょう。ですが、作者がおらぬ今となっては、まるで『肥後政談』を書いたのが細川さまであるかのように感じられるのではございませんかと……」

「さようであろうな」

肥後の「細川さま」が、『肥後政談』をお読みになっていたとは思えないが、『肥後政談』と名付けられた文書の存在を知って、身の危険を感じたのは確かであろう。だからこそ、御用部屋の老中方に先んじて『肥後政談』の存在を報せて、「それが何かは判らぬが、我が熊本藩とはいっさい関わりなきものでございます」と、上申してきたに違いなかった。

その「細川さまの懸念」は、当たっていたことになる。

「どういたしましょう？　やはり『肥後政談』の写本は見つからぬことにいたしましたほうが……」

こちらの顔を覗き込むようにして言ってきた牧原に、十左衛門は目を合わせた。

「ちと試してみたいことがあるのだ」

そう言うと、今度は義弟のほうに向き直って、こう言った。

「斗三郎、先に話した『あれ』なのだが……」

「心得ましてございまする。ではさっそく、荻生さまにお繋ぎを……」

「うむ」

急ぎ下部屋を出ていった斗三郎を見送ると、十左衛門は牧原に、くだんの葵の御紋打ち壊しの一件を話し始めるのだった。

八

翌日のことである。

駿河台の妹尾家には、実にめずらしい大身(たいしん)の客人が訪れていた。

下総関宿藩の藩主で寺社奉行の「久世大和守さま」である。

だが客は他にもまだ幾人かいて、くだんの永徳寺の住職や寺男、小坊主たちも一緒であった。

その住職ら一同に、小関や鮎川をはじめとしたあの「しもた屋」にいた雑多な男たちの面体を、見てもらいたいのである。

実はあの後、『肥後政談』をどう扱えばいいのか迷っていたため、写本の一件で捕まえた小関や鮎川らの身柄は、とりあえず十左衛門が自邸で預かっていたのだ。

男たちの顔色や背格好などがよく見えるように、今、小関ら一同は、一人ずつ縄をかけた状態で、明るい庭に立たせてある。

久世大和守や永徳寺の住職たちには、庭を見渡せる客間のほうに来てもらい、そこから庭の男たちを眺めてもらっていた。

「あっ！　あの男でございますよ、お師匠さま！」

まだ十三の小坊主が、五十がらみの例の浪人者を指して声を上げて、

「おう、そうだ。そういえばその横の、三十半ばと見えるあの男もおったな」

「はい、おりました！」

さすがに子供の小坊主たちの目は確かである。「あれも見た。あっちもいた」と、そうして次々に見つけ出して、とうとう七人、すべて見つけてしまったのである。

「おう、妹尾どの。助かったぞ。……いやしかし、まこと、そちらと重なっておったとはな」

「はい……」

実は大和守には写本はまだ見つからないことにしてあって、『肥後政談』の内容については、「これから小関たちを調べて、話を聞くつもりだ」ということになっている。

暴動の犯人たちがすべて捕まっていると判明し、後に七人全員、荻生の手を経て、寺社方に引き渡すことが決定すると、大和守は上機嫌で、寺の住職らを引き連れて帰っていった。

妹尾家に残ったのは、目付方の身内のみ、十左衛門と荻生と牧原と、あとは斗三郎だけである。

家臣の若党たちに命じて、庭に出した小関ら男たちを、再び離れの座敷へと戻すと、十左衛門はまだこちらの『肥後政談』の一件について何も知らない荻生朔之助に、すべて隠さず話して聞かせた。

「荻生どの、どう思う？　儂や牧原どのが『細川さまが一藩』を案ずるのは、杞憂だと思われるか？」

「……いえ。私もさように思いまする」

「そうか……」

「はい」

荻生ははっきりとうなずくと、真っ直ぐに「ご筆頭」を見つめて、話し始めた。

「上様は、どの大名家も旗本家も御家人の家も、断絶にいたしますことを望んではおられませぬ。何ぞか大きな事件があり、どこかの武家や町人や百姓などに極刑が決まりますというと、それは必ず上様が御許にも伝えられ、極刑の許可をお与えにならねばなりませぬので……。そうした際の上様のお苦しみは、我ら側近には手に取るようにてございまして……」

「さようか……」

「はい」

今また荻生は自分のことを「我ら側近」と、そう言ったようである。

だがそんな荻生にしろ、本をめがけて駆け寄った牧原にしろ、前職に誇りを持って目付の職を懸命にこなそうとしているその姿が、十左衛門には頼もしく見えた。

目付が十人もいる理由は、十人要りようだからである。

それぞれが前職を引きずったり、蜂谷のように得意なものを得意として隠さずにいたりしても、目付として、日々精一杯に「何が公平公正であるか」「何が幕臣として、また武士として、人間として、正しい選択であるのか」を、絶えず怠らずに考え続けるようにしていれば、間違った方向に行くことはないと、十左衛門は信じている。

逆に十人それぞれに癖や得意や好みがなければ、目付方に厚みが出ず、厚みのない思想や理想は、えてして簡単に歪曲もするのだ。

「よし。荻生どのの賛同も得たゆえ、儂が肚も決まった。もとより御用部屋の皆さまは、『肥後政談』の中身を確かめないことには、『幕府に対し、反旗が揚がるのではないか』と、いつまでもご案じになられよう。つまりは、やはり、『肥後政談』の中身については、真実のところを申し上げるよりほかに、手はなかろうが……」

「はい……」

と、荻生はうなずいて、

「ですが……」

と、牧原はまだ迷っているようである。

これがよい。二人いて、すでに二人がこうして悩んで分かれるところが良いのだと、十左衛門は内心で思いながら、二人に向けて身を乗り出した。

「明日にでも御用部屋に皆さまを訪ねて、ご報告をしようと思うのだが、ちと儂に考えがござってな……」

「はい……」

「…………？」

こちらに釣られて身を寄せてきた荻生と牧原を前に、十左衛門は話し始めるのだった。

九

春の雨があがって久しいから、御用部屋の畳はカラリと乾いて、実に爽やかなものである。

だが今、十左衛門は上つ方の皆さまを前に、『肥後政談』の内容について話し終えたところで、作者が肥後の元藩士であったことも話し、昨年すでに亡くなっていることも話した上で、作者自身が書いたという癖の強い本編を上納したところであった。

見れば、案の定、次席老中の松平右京大夫は、閉じた扇をコツコツと畳に打ち据えていて、激しい怒りをそのままに出している。

すると、そんな次席を見かねてか、首座の松平右近将監が口を開いた。

「相判(あいわか)った……。つまりその『肥後何ちゃら』とか申す書き物は、幕府に対し、反旗を翻(ひるがえ)さんとするものではないのだな」

「はい。仰せの通りにてござりまする」

十左衛門はそう言って、もう一度、平伏した。

今、首座の「右近将監さま」は『肥後政談』を指して言うのに、「肥後何ちゃら」とおっしゃったが、そのあたりが本音で、やはりムッとされてはいらっしゃるのであろう。

額を畳につけたままで、十左衛門がそんなことを考えていると、前でとうとう右京大夫が大声を出し始めた。

「気に入らん！」

そう一言発すると、次席老中はもう、怒りに歯止めが利かなくなったようだった。

「古老の儂らを揶揄して『不要の古き太枝』などと申しておるのであろう？　どうだ、違うか？　おい十左衛門、何とか申せ！」

「これ、右京どの」

横手から右京大夫を戒めて、右近将監が十左衛門を庇ってこう言った。

「別にこの十左が申しておる訳ではない。古き太枝といえば十左など、目付部屋では干からびるほどの古老だぞ」

「まあ、さようでございましょうが……」

どうやら首座も次席も、今、目の前にいる十左衛門を少しくけなして、何とか怒りをおさめようとしているのかもしれなかった。

だがやはり「右京大夫さま」の怒りっぽさは、そう簡単なものではなかったらしい。十左衛門や牧原や荻生が一等案じていた方向に、右京大夫の怒りは向き始めたようだった。

「『古き太枝を断ち切って、新しき芽を愛しむ』などと、細川どのも、いかがなものかと思うがな……」

「…………！」

ハッとして思わず目を上げた十左衛門に、右京大夫は鋭く突き込んできた。

「そも肥後で細川どのがなされた改革は、熊本藩の古枝を嫌ってなされたものであろう？　されば幕府の古枝である我らが存在も、嫌うておられるということではないのか？」

「右京どの！　口が過ぎよう」

首座の右近将監にピシリと抑えられて、「ははっ」と右京大夫は黙ったが、今の右京大夫の明言で、もうすっかり細川の重賢公がここに並んでおられる上つ方の共通の嫌われ者となったのは、明らかなようである。

十左衛門は一息小さく吐き出すと、肚を据えて、口を開いた。

「しかしてこたび、この『肥後政談』の一件が、幕府に弓引く者の旗揚げのごときではないことが相判り、まことにもって安堵いたしましてござりまする。されど我ら目付方といたしましては、こたびが二つの案件は、いかに幕臣の『部屋住み』が日々鬱憤を溜め込んでおりますものか、思い知る契機となりまして……」

「…………」

「…………」

首座も次席も何も言ってはくれないが、どうやら少し、こちらの話に耳を向け始めてくれたようである。そんな上つ方の様子に勇気を得て、十左衛門は話の先を、こう続けた。

「鮎川峰二郎と申す奥右筆の次男が、つい道を踏み外した己を悔いまして、さめざめと忍び泣いておりました。一歳しか違わぬ兄が右筆の見習いとなりまして、腐ったようにてござりまする」

「いや……。なれば、あの『鮎川』が倅ということか？」

御用部屋の秘書をこなす奥右筆は二十数名しかいないから、御用部屋の上つ方も、一人一人の奥右筆の名を覚えているのであろう。

乗り出してきた右京大夫に、十左衛門は「はい」とうなずいた。

「兄が右筆に入るなら、自分は得意な書き物で大儲けをしてみせると、さように思い、写本を続けていたそうにてござりまする。他の者らが写本に飽きてやらぬようになりましても、鮎川だけは毎日通うておりました。少しく城に通うがごとき心持ちになっておったのやもしれませぬ」

「さようか……」

しみじみとそう言ってきたのは、今度は右近将監である。

「はい」

十左衛門は返事をすると、話を結んでこう言った。

「鮎川は加わってはおりませんでしたが、こたび寛永寺の末寺で葵の御紋を壊してまわった者らにいたしましても、根は同様であったように存じまする。おそらくは自分が生涯入ることのできぬ千代田の城の御紋に、悔しさをぶつけていたのでございましょう。こたびがような道を踏み外す者らを増やさぬよう、改めて心して、目付の職を相務めまする」

「うむ。さようさな」

首座の老中がそう言って、十左衛門の報告は終いとなった。

十左衛門は低身のまま御用部屋(おへや)を下がり、廊下を目付部屋へと歩き出したが、緊張で口のなかが乾いて、カラカラになっていた。

牧原と荻生の二人に相談して、何をどう、どういう順番で話を運べば、御用部屋の上つ方のお耳を拝借できるものなのか、さんざんに知恵を絞ったのである。

要らぬところで槍玉にあげられそうな「細川さま」をお守りするために、目付三人、綿密に話を練って、今それをそのままに御用部屋で話してきたのだ。

「いや、よかったぞ……」

小さく声に出してため息をついたら、とたんに口中が潤ってきたようである。

目付方の下部屋で十左衛門(こちら)を待って、芯(しん)から案じているであろう二人のもとに、十左衛門は急ぎ足を進めるのだった。

十

鮎川や小関ら「写本」のことだけに関わった者らは、五十日の『押込(おしこめ)』と沙汰が決まって、自宅屋敷の一室に閉じ込めとなった。

寛永寺の末寺で暴れた七人の者らに対しては、『重追放(じゅうついほう)』の沙汰が下りた。江戸市中だけではなく京や大坂(おおさか)、上野(こうずけ)、下野(しもつけ)、常陸(ひたち)、下総、上総(かずさ)、安房(あわ)などの関東一円にも、一生、住めなくなる刑である。

その上で、さらに幕臣の子弟に対しては、幕臣の身分を剥奪し、親兄弟とも縁を切らせて浪人に落とされた。

後のことだが、十左衛門の屋敷まで挨拶に来た鮎川自身の話によれば、両親も見習いの兄も、鮎川が寺の打ち壊しに関わらなかったことを泣いて喜んでいたそうだった。

それを翌日、さっそく牧原に伝えると、鮎川の父親をよく知っている牧原も、嬉しそうに目を赤くしていたものである。


そんな御沙汰のあれこれも、すべてが済んだある晩のことである。

その日も一日中、目まぐるしかった目付の職をようやく終えて、荻生朔之助が番町にある自宅屋敷に帰ってくると、門前に、旧知の人物が待っていた。

中奥に勤めていた頃、自分の上司であった『小納戸頭取』の一人で、掛井淡路守為義という四十六歳の旗本であった。

「…………！」

淡路守の存在に小さく息を呑むと、荻生は急いで馬を下り、淡路守の前まで行って、屈んで控えた。

「久しぶりだな、朔之助」

「はい……」

荻生は低く目を伏せて、次に自分がどうするべきか、必死に考え始めていた。

役高・千五百石の『小納戸頭取』は、荻生のような平の小納戸たちを指揮して、中奥が万事つつがなくまわるよう全ての手配をする、重要なお役である。

小納戸頭取は定員が四名だが、なかでもこの掛井淡路守は怖ろしいほどに頭が良くて、人の気持ちも、物事の先も読め、荻生は小納戸であった頃、この「淡路守さま」に心底から憧れていたものだった。

だが今、自分は「目付」である。

目付は役目柄、自分の公平公正さを世間に疑われないようにするためにも、親兄弟や、ごく近い親戚以外は交流を持てないことになっている。

中奥にいた昔であれば、「淡路守さまが自分の屋敷を訪れてくれる」など、誇らしいばかりであったろうが、今、荻生は淡路守を屋敷内に招き入れることはできない。

「淡路守さま……。申し訳ございませぬ」

荻生は地べたに平伏して、淡路守がすべて察して帰ってくれるのを待った。

だが淡路守は立ち去らない。

この事態に本気で荻生が困り始めた時、頭上で「ふっ」と、淡路守が笑みを漏らしたようだった。

「他家と付き合えぬのは、中奥のこちらとて同じだ。さようなことは、おぬしとて、判っておろうが」

「はい。申し訳ござりませぬ」

だがそれならば、なぜ訪ねてきたのかなどと、訊けるものではない。

仕方なく荻生がまた頑（かたく）なに黙り込んでいると、淡路守は低い声でいきなり言った。

「上意である」

「ははっ！」

驚いた荻生が、地べたで平伏をさらに低くしていると、淡路守は話し始めた。

「そなたがこたびの働き、上様はたいそうなお喜びであられたぞ。瓦なら、また拵えて葺（ふ）けばよいが、人の命はそうはいかぬ。寺のことも、肥後のことも、万事、正しく相応に処理をして、なおかつ誰も腹を切らず、誰の首も刎（は）ねずに済んだのは、まことに良き働きであったと伝えよとな」

「ははっ。有難き幸せにござりまする」

「うむ」

淡路守はうなずくと、つと平伏した荻生の頭上に屈み込んで、こう言った。

「そなたがことは、上様はいつも自慢をしておいでだぞ。これも荻生がしたらしい、あちらも荻生が収めたらしいと、手放しのお喜びだ。そなたや妹尾十左衛門が目付方にいるかぎり、まず城に間違いはなかろうとな」

「あ、有難き、幸せ、に……」

平伏したままの荻生は、涙と感激とで喉が潰れて、これ以上は口が利けなくなっていた。

そんな荻生の様子を見てか、淡路守ももう何も言わずに、少し離れたところに待たせていた自分の家臣たちのところへ戻っていった。

馬が歩いて離れていく音がするから、淡路守は本当に帰っていったのであろう。

だが荻生は平伏したまま、顔を上げることができなかった。

実は目付になってからというもの、荻生の胸の奥には痛く根深く刺さったままの棘があって、折につけ、苦しんでいたのである。

それは他でもない、自分が上様お直々の推薦で、目付に入ったからだった。

自分はもう、中奥には要らないということだろうか。

「目付に上がり、さらに上を目指すがよい」と、上様は自分にそうお言葉を下すったが、なぜ「ずっと中奥におれ。年寄るまで、勤めてくれ」と言ってはもらえないのだろうか。

荻生はずっと、それを日に何度も思い出して、そのたびに哀しく、苦しんできたのである。

目付に入り、「ご筆頭」と出会い、まるで新しく「淡路守さま」を得たようで、それだけが救いであったが、日々忙しく、よろず判断に難しい目付の職をただただ必死に続けていたのは、間違いではなかったのだ。

滔々(とうとう)と流れ続ける涙に困り果てながら、荻生は目付となった自分を、初めて芯から嬉しく思うのだった。

二見時代小説文庫

千石(せんごく)の誇(ほこ)り　本丸(ほんまる) 目付部屋(めつけべや) 9

二〇二一年　八　月二十五日　初版発行

著者　藤木(ふじき) 桂(かつら)

発行所　株式会社 二見書房
〒一〇一-八四〇五
東京都千代田区神田三崎町二-一八-一一
電話　〇三-三五一五-二三一一［営業］
　　　〇三-三五一五-二三一三［編集］
振替　〇〇一七〇-四-二六三九

印刷　株式会社 堀内印刷所
製本　株式会社 村上製本所

落丁・乱丁本はお取り替えいたします。定価は、カバーに表示してあります。
©K. Fujiki 2021, Printed in Japan.
ISBN978-4-576-21119-0
https://www.futami.co.jp/

藤木 桂

本丸 目付部屋 シリーズ

以下続刊

①本丸 目付部屋 権威に媚びぬ十人
②江戸城炎上
③老中の矜持(きょうじ)
④遠国(おんごく)御用
⑤建白書
⑥新任目付
⑦武家の相続
⑧幕臣の監察
⑨千石の誇り

大名の行列と旗本の一行がお城近くで鉢合わせ、旗本方の中間(ちゅうげん)がけがをしたのだが、手早い目付の差配で、事件は一件落着かと思われた。ところが、目付の出しゃばりととらえた大目付の、まだ年若い大名に対する逆恨みの仕打ちに目付筆頭の妹尾十左衛門は異を唱える。さらに大目付のいかがわしい秘密が見えてきて……。正義を貫く目付十人の清々(すがすが)しい活躍！

二見時代小説文庫

藤 水名子

古来稀なる大目付

シリーズ

①古来稀(まれ)なる大目付　まむしの末裔
②偽りの貌
③たわけ大名

「大目付になれ」——将軍吉宗の突然の下命に、一瞬声を失う松波三郎兵衛正春だった。蝮(まむし)と綽名された戦国の梟雄・斎藤道三の末裔といわれるが、見た目は若くもすでに古稀を過ぎた身である。しかも吉宗は本気で職務を全うしろと。「悪くはないな」——冥土まであと何里の今、三郎兵衛が性根を据え最後の勤めとばかり、大名たちの不正に立ち向かっていく。痛快時代小説の開幕!

瓜生颯太

罷免家老　世直し帖

シリーズ

以下続刊

①罷免家老　世直し帖1　傘張り剣客

出羽国鶴岡藩八万石の江戸家老・来栖左膳は、戦国以来の忍び集団「羽黒組」を束ね、幕府老中となった先代藩主の名声を高めてきた。羽黒組の諜報活動活用と自身の剣の腕、また傘張りの下士への奨励により藩を支えてきた江戸家老だが、新任の若き藩主と対立、罷免され藩を去った。だが、新藩主への暗殺予告がなされるにおよび、来栖左膳の武士の矜持に火がついて……。新シリーズ第1弾！

二見時代小説文庫

井川香四郎

ご隠居は福の神

シリーズ

以下続刊

①ご隠居は福の神
②幻の天女
③いたち小僧
④いのちの種
⑤狸穴の夢
⑥砂上の将軍

「世のため人のために働け」の家訓を命に、小普請組の若旗本・高山和馬は金でも何でも可哀想な人たちに分け与えるため、自身は貧しさにあえいでいた。ところが、ひょんなことから、見ず知らずの「ご隠居」を屋敷に連れ帰る。料理や大工仕事はいうに及ばず、体術剣術、医学、何にでも長けたこの老人と暮らすうち、和馬はいつしか幸せの伝達師に！「ご隠居」は何者？　心に花が咲く！

二見時代小説文庫

青田 圭一

奥小姓裏始末

シリーズ

以下続刊

①奥小姓裏始末1 斬るは主命
②ご道理ならず
③福を運びし鬼
④公達の太刀

竜之介さん、うちの婿にならんかね――。
故あって神田川の河岸で真剣勝負に及び、腿を傷つけた田沼竜之介を屋敷で手当した、小納戸の風見多門のひとり娘・弓香。多門は世間が何といおうと田沼びいき。隠居した多門の後を継ぎ、田沼改め風見竜之介として小納戸に一年、その後、格上の小姓に抜擢され、江戸城中奥で将軍の御側近くに仕える立場となった竜之介は……。

二見時代小説文庫

森詠

北風侍 寒九郎

シリーズ

以下続刊

①北風侍（さむらい） 寒九郎 津軽（つがる）宿命剣
②秘剣 枯れ葉返し
③北帰行
④北の邪宗門
⑤木霊（こだま）燃ゆ
⑥狼神（ろうしん）の森
⑦江戸の旋風（つむじかぜ）

旗本武田家の門前に行き倒れがあった。まだ前髪も取れぬ侍姿の子ども。腹を空かせた薄汚い小僧は津軽藩士・鹿取真之助（かとりしんのすけ）の一子、寒九郎（かんくろう）と名乗り、叔母の早苗様にお目通りしたいという。父が切腹して果て、母も後を追ったので、津軽からひとり出てきたのだと。十万石の津軽藩で何が…？ 父母の死の真相に迫れるか!? こうして寒九郎の孤独の闘いが始まった…。

二見時代小説文庫

麻倉一矢

剣客大名 柳生俊平 シリーズ

以下続刊

①剣客大名 柳生俊平(としひら) 将軍の影目付
②赤鬚の乱
③海賊大名
④女弁慶
⑤象耳(ぞうみみ)公方
⑥御前試合
⑦将軍の秘姫(ひめ)
⑧抜け荷大名
⑨黄金の市
⑩御三卿(ごさんきょう)の乱
⑪尾張の虎
⑫百万石の賭け
⑬陰富大名
⑭琉球の舞姫
⑮愉悦の大橋
⑯龍王の譜
⑰カピタンの銃

徳川家御一門である久松松平家の越後高田藩主の十一男は将軍家剣術指南役の柳生家一万石の第六代藩主となった。伊予小松藩主の一柳頼邦、筑後三池藩主の立花貫長と一万石大名の契りを結んだ柳生俊平は、八代将軍吉宗から影目付を命じられる。実在の大名の痛快な物語!

二見時代小説文庫